LOCUS

LOCUS

LOCUS

LOCUS

Smile, please

Smile 76 醜小鴨上班，怎麼變天鵝？

The Ugly Duckling Goes to Work

作者：梅特・諾加（Mette Norgaard）

譯者：陳正芬

責任編輯：楊郁慧

美術編輯：謝富智

法律顧問：全理法律事務所董安丹律師

出版者：大塊文化出版股份有限公司

台北市105南京東路四段25號11樓

www.locuspublishing.com

讀者服務專線：0800-006689

TEL：(02) 87123898　FAX：(02) 87123897

郵撥帳號：18955675　戶名：大塊文化出版股份有限公司

The Ugly Duckling Goes to Work :

Wisdom for the Workplace from the Classic Tales of Hans Christian Andersen

總經銷：大和書報圖書股份有限公司

地址：台北縣五股工業區五工五路2號

TEL：(02) 89902588（代表號）　FAX：(02) 22901658

製版：瑞豐實業股份有限公司

初版一刷：2007年6月

定價：新台幣220元

Printed in Taiwan

醜小鴨上班，怎麼變天鵝？

安徒生童話告訴你職場的智慧

Mette Norgaard◎著　陳正芬◎譯

獻給Alferdo，以及他的創意、勇氣和高標準。

我將爲你獻唱，使你喜悅滿懷——且思緒滿盈。

——安徒生（H.C. Andersen），〈夜鶯〉

目錄

導讀

當我們從工業時代的控制模式，轉型到資訊／知識工作者時代的解放模式時，本書的出現是相當適切的。我認爲，如今多數組織和職場的最大問題在於，仍舊使用工業模型，同時又企圖在資訊／知識工作者時代中運作與競爭。除非我們的心態、技能與工具，是跟解放人類潛能有關、跟幫助人們有關，並且跟尋找自己的聲音，並啓發他人尋找他們自己的聲音有關，否則我們將成爲歷史；相反地，成功轉型的人則將創造未來。這樣的結果在所難免，因爲現實就是如此，諷刺的是，這也很可能過度理想化。因此，安徒生童話中現實與理想並列的情況，與你我當前的挑戰可以互相對照。

在我進一步闡述前，容我談談本書作者梅特・諾加（Mette Norgaard）。多年來，在柯維領導中心（Covey Leadership Center）和其後在法蘭克林柯維（FranklinCovey）舉行的高階主管開發課程中，因爲諾加的參與、她的領導才能與講授，而使整個課程增色不少。她是我認識的老師中，相當關心人、有洞見且令人印象深刻的老師之一。在她身邊，甚或當你被她在本書提出的省思與提問圍繞時，都會感受到她不僅是認識到這些眞知灼見，而且讓這些洞見眞正成爲她的。

梅特像極本書的夜鶯，擁有沈著的勇氣、唱自己的歌，並鼓勵他人尋找自己的聲音，而且也唱自己的歌。當她一一探討每個故事，並分享個人信念，我們似乎是在研讀梅特的個人經歷、發現和發展過程。但是，當我閱讀本書並省思書中內容，感覺好像也在研讀自己的經歷、發現和發展過程，這就是詩的隱喻和比喻教學法的力量，每個人從自己的人生觀點和角度到達目的地。

當你眞正省思書中的故事，並與其他人（尤其是工作團隊）討論時，本書提供的實用洞見和理想主義式的激勵，將使必要的轉型更加順利。以下是幾個例子。

〈國王的新衣〉特別闡釋了一句話：「當一個人找到鏡子時，他開始失去靈魂。」問題在於，他愈來愈關心自己的形象，而不是他自己。我相信，你會發現有關領導和個人的失敗案例中，有九成根本上都是性格的失敗。從基礎的層次來說，本書的故事全和性格有關，這對當今組織相當重要，尤其是被少數幾樁醜聞拖累、而背負罪名的企業組織。但我相信，這幾樁醜聞只是冰山一角，有一大堆還沒浮上表面。這些文化的瑕疵，本質上是工業時代模型的產物，這個模型培養出官僚制度、階級制度、競爭的各自爲政、馬屁政治、黑箱作業，還有否定、否定、否定。

〈醜小鴨〉歷經千辛萬苦，發現自己的聲音跟正在成長的天鵝相互調合，於是擺脫了比較、抱怨、批評和鬥爭的癌細胞轉移。換句話說，醜小鴨擺脫了「藉由和他人比較爲基礎，所建立的自我認同」；而且控制模式的共賴性，往往便是被這種自我認同模式所培養。

迷戀外表又愛耍小聰明的〈糞甲蟲〉，完全沒有察覺到膨脹的自我形象帶來的恐怖後果。個人與組織過度傲慢自大，往往很難有傑出表現。

〈雜貨鋪的小矮人〉呈現一位務實的理想主義者形象，他表現的正是吉姆・柯林斯（Jim Collins）和彼得・杜拉克（Peter Drucker）兩人擁護的典範。基本上，兩位大師認爲管理階層要以「面對現實」作爲首要責任——包括面對現實的僵硬、冰冷，和難以應付——然後才成爲樂觀主義者、機會主義者與理想主義者。

〈樅樹〉說明未能活在當下導致的不滿足、挫折與徒勞無功。不活在當下是徒勞無功的，因爲違反了一分耕耘、一分收穫的定律，換言之栽種前必先整地，之後必須有耐心地灑水、栽培、除草與施肥，然後等著大自然讓可能發生的結果成眞。學校考試或許能用補習解決，但眞實的成長卻無法狼吞虎嚥。

〈夜鶯〉是本書中我最喜歡的故事，因爲它概述現實和理想的整合，也是解放模式下的職場會發生的事。在資訊／知識工作者時代的組織，領導階層分散在整個文化，而不像在工業時代組織中，那樣孤獨地站在頂端，完成所有重要決策，其餘的人只管動手做。但是，幫助他人尋找或發現自己的強項，也就是他們獨特、天生的才華，已經逐漸凝聚成一股力量。人愈來愈樂意成爲互補團隊的一份子；在那裡讓強項發揮生產力，弱點則在他人的強項彌補下變得不重要。那是一種典範移轉，好比哥白尼提出太陽爲宇宙中心的觀念，取代托勒密以地球爲中心的概念。

本書幫助我們了解安徒生的簡單智慧，因而爲這樣的典範移轉，提供一種絕對善巧而且高度相關的隱喻式描述；從以控制爲基礎，到以解放爲基礎看待自己和彼此，從支離破碎的人，到「身、心、靈」兼顧的完整的人。根據我的見解，即使梅特的個人專長發揮在職場，但書中的教訓對於家庭、社群和個人的內心世界，一樣是意味深長而且高度相關。

我希望你喜歡這本書，而且收穫跟我一樣多。我推薦本書，供你在工作團隊討論，以及訓練和開發計畫之用。書中的幽默感，將有助於讀者展開一場人性化與個人化的改變！

——史蒂芬・柯維博士（Dr.Stephen Covey）

著有《與成功有約》及《第八個習慣》

前言

工作能讓我們生氣蓬勃，也可以讓我們死氣沈沈。

我在跟領導者互動的過程中，注意到四種持續性的模式。第一，多數專業人士有野心、有才華，而且努力工作；第二，他們了解步驟、規則、習性和達到成功必須遵行的慣例；第三，他們義無反顧地驅使自己成爲更好的管理者、領導者、配偶、父母和運動員，這三種模式使他們有忙不完的事，導致第四種模式：他們鮮少放慢腳步、回顧省思，並且跟生存的基本方式——亦即他們的內在智慧——作連結。

本書是寫給想做出聰明和明智選擇、希望同時擁有舒適生活水準和良好生活品質的人。此外，本書同時寫給想在工作中感受生命的人，也就是追求工作生活

（work life）的人。

儘管本書引領你思考生命與工作意義的實質問題，卻採取輕鬆的方式。我們不研究柏拉圖或笛卡兒，而是向醜小鴨、小矮人，和夜鶯學習。我們不詮釋但丁和莎士比亞，而是探索一位虛榮國王、一隻虛張聲勢的糞甲蟲，和一棵不安定的樅樹的生命。也就是說，我們透過童話故事來了解人性。數百年來，我們的前輩一直用童話故事說明日常生活的兩難與衝突，幫助我們了解自己對意義的需求，並處理人生中惱人的意外。

我在丹麥出生、成長，因此安徒生的童話故事，成爲我的成長過程中不可切割的一部分。在我家，安徒生童話的第一百五十週年版本，就擺在十二冊百科全書的旁邊；那是本體積可觀的大部頭，有皮製的書背，和邊緣燙金的書頁，我們以愛意和尊敬展讀它。每到晚上，當孩子們漱洗完畢、準備就寢時，我父親會取下這本大書，讀給大家聽。當時我最喜歡的，是類似〈蛌豆公主〉和〈養豬人〉之類的簡單故事，其他故事則令我感到難過、害怕或不安。等到我長大成人，才開始懂得欣賞這些故事的深度。以前我聽到小美人魚去世會流淚，如今我了解無條件的愛有多美；以前我認爲〈小克勞斯和大克勞斯〉的小克勞斯的行爲是欺騙、壞心眼，現在我認爲「無名小子」的機智勝過蠻橫無理的人。我發現每個丹麥人都知道，安徒生的故事是同時爲兒童和成人所寫。

這幾年來，我對安徒生作品愈來愈欣賞。當我開始研讀安徒生的研究資料，便明白原因何在，因爲他的寫作有種清晰的模式。安徒生的「主角」是表裡如一、一致且眞實的；他的「反派角色」則顯得心胸狹窄、自滿且自鳴得意。安徒生希望讀者都能享受每一刻，成爲眞正的自己。這樣的人生觀和我自己的想法與工作性質很接近。

年輕的安徒生在人格塑造期間，在祖母工作的織布間一待就是好幾個鐘頭，聽老婦人講述民間傳說；他早期的作品就是受這些故事啓發。不過，他最美麗也最複雜的故事，卻是將這種庶民智慧，與自身經驗和想像結合。

遺憾的是，盎格魯——美利堅世界的人，大多不明白安徒生作品的深度，他們將他狹隘地歸類為維多利亞時代的古早兒童作家，抹剎了他的洞見和機智。我將這些故事重新由丹麥文譯成英文，再提出討論議題，希望能補救這一點。因為，根據我的經驗，國王對權力的拙劣運用，以及樅樹的心神不定，都和二十一世紀的職場息息相關。

為了幫助讀者從我們丹麥人的眼光看安徒生，我在本書一律使用H. C. Andersen這個名字。在丹麥，我們從不叫他Hans Christian Andersen；使用他的名似乎太親暱，但光是喊他安徒生也不行，因為有太多丹麥人姓安徒生。對我們來說，他永遠都是H. C. Andersen。

本書由六個獨立篇章構成，每一篇都是從H. C. Andersen的經典故事出發。讀者可以依序閱讀，或者從最感興趣的篇章讀起。

其中三個故事（〈國王的新衣〉、〈糞甲蟲〉和〈樅樹〉）有告誡的意味，告訴我們過度在乎他人的意見、獎賞和認同的後果。另外三個故事（〈醜小鴨〉、〈雜貨店的小矮人〉和〈夜鶯〉）具有啓發性，探討人心深處的渴望、平衡折衷和專業嫻熟度。第一類議題多半是務實且需要「實做」，第二類議題本質上比較理想性，攸關「存在」。這些故事有一部分是要告訴我們，人不應該太過頭，否則可能瞎忙一場，或者過度關注自己的事。

當務實主義和理想主義能夠互補時，兩者都對我們有好處。但是這年頭，他人的期望往往壓倒自己內心深處的喜好，許多人甚至將內心深處的渴望識爲不切實際，認爲應該把公司的目標放中間，把自己的潛能擺一邊。如果你的處境正是如此，現在就該讓這小小的智慧發揮作用了。

本書各章均以相同架構編排，讓讀者自行選擇如何著手閱讀。在簡單的前言後，你可以閱讀故事全文，再進入我的評析，也就是「故事的應用」段落。如果你先讀和工作有關的評論，仍然可以隨時查閱故事原文。

你可以輕輕鬆鬆讀這本書，享受每一章。你也可以更投入一點，深思書中提出的議題。你對每個故事所做的結論，或許剛好跟我不同。我在工作坊以及跟家人朋友討論時，經常發生這種情形，因爲每個人從人性和生命中，往往得到不同的啓示。

書中的故事，讓你可以用輕鬆好玩的方式，解決你跟同事的棘手議題。比如說，〈國王的新衣〉讓你和工作伙伴談論，哪些事情是「不能討論」的。因此，我在每章最後建議幾個主題，供團隊討論。

我熱中於幫助每個人在工作時表裡如一且活潑有勁，並創造一個容納人們最大能量的職場。以這一點來說，H. C. Andersen的故事是很好的啓發，因爲它們告訴大家如何解放生活，而不是控制生活。

在此邀請讀者帶著H. C. Andersen一起去工作。你無須把故事書夾在手臂下，一面朗讀〈醜小鴨〉，一面輕快地沿著公司走廊走。你可以讓故事啓發你，將更多意義、能量與喜悅帶進工作——進而創造或改善你的工作人生。

●重新翻譯安徒生作品的理由

讀者將在本書的每一章，讀到我自己爲H. C. Andersen故事所做的翻譯。這麼做是爲了補救舊譯本的諸多缺失。傳統上，H. C. Andersen故事中的幽默感和豐富細節，到了英文版已經流失大半，早期的英文譯者對丹麥文所知不多，因此多用既有的德文版翻譯。不只如此，他們隨意編修文字以符合維多利亞時代的感性，因而刪去很多H. C. Andersen尖銳且一針見血的評論。譯者的挑戰至今仍在，儘管挑戰有所不同。現在的出版商，經常想讓這一百五十年前的文字變得流暢，且給人一種現代感。讓我舉兩個例子。

在〈國王的新衣〉中，騙子利用人們害怕自己被認爲「與〈他們的〉地位不相稱，或「不被容許地愚笨」的心理。丹麥原文「utilladelig dum」的直譯是「不被容許地」（impermissibly stupid），這種用法在英文並不常見。因此，過去的譯者會使用「不夠資格地」（inadmissibly）、「無法矯正地」（incorrigibly）、「不可饒恕地」（unforgivably）或「沒指望地」（hopelessly）。但是，原始的「utilladelig dum」以丹麥文來說也是不尋常的遣詞用字。在我看來，H. C. Andersen刻意做出的特異選擇，意味著我們在生活中可能會遇到「被容許的」（permissible）的愚笨，但

「不被容許的」愚笨，才是眞笨。

當代翻譯一個比較嚴重的問題，在於可能改變原文的意義。比如說，在《安徒生童話全集》中，〈糞甲蟲〉的翻譯使得兩隻偏狹的青蛙聽起來像是喜好批評。其中一隻青蛙想知道：

……經常到外國旅行的燕子，不知是否曾經到過氣候比我們這裡更好的地方。要雨就有雨，還有一點風，更別說是水氣和露珠。跟住在水溝一樣好。如果你不愛這種氣候，就是不愛鄉土！

我的翻譯比較忠實，透露出青蛙眞正想知道的是什麼：

……如果燕子飛得那麼遠、那麼廣，在他多次出國的旅程中，是否發現比這裡更好的氣候？多棒的驟雨，多棒的濕度啊！好像躺在水溝裡一樣。如果那不能叫人高興，這傢伙肯定是不愛鄉土！

第二種翻譯比較精確，說明H. C. Andersen如何沈浸在感官中，讓我們眞正感受到潮濕多風的早晨，但是更必要的是「肯定」這個詞彙所產生的細微差別。一旦少了它，這個句子就只是觀察，而不是H. C. Andersen想要傳達的一種自以爲是。當我們聽到「她肯定沒希望了」、「他肯定不合群」，就是這個意思。

H. C. Andersen自己經常受到類似的批判。他熱愛旅行，且結交了許多德國友人而飽受非議。在這兩隻自滿又自鳴得意的青蛙的交談之中，安徒生藉此讓讀者思考：「在我的心裡，有沒有一隻偏狹的青蛙？」幸好，安徒生輕輕帶過，避免說教與泛道德化，然後立刻進入下一個橋段。

我翻譯的目標，是儘可能保有H. C. Andersen的個人風格和遣辭用字。所以，你會發現有些用字不太尋常，甚至偶有笨拙，但我相信，你將會欣賞相對而來的清新與洞見。

國王的新衣

一心只想融入群體，往往被牽著鼻子走。

從前有個國王，他非常喜歡漂亮的新衣，把所有的錢都用來打扮自己。

故事是這麼開始的。整個故事成功地捕捉了愛慕虛榮是如何使人外表光鮮、行為愚蠢。

安徒生並未大肆批評人們總愛扮演某個特定角色、或刻意營造某種外表，因為他本身就是善於打理門面、經營形象的人。

讓安徒生感到厭惡的，是「虛矯」。他藉著這個複雜難解的小故事，嘲弄「虛偽」和「欺下媚上」的行為；嘲弄人為了獲得接納，竟然願意假裝欣賞自己不認同或不理解的事物。

當你讀以下的故事時，想想這些問題：這個故事哪裡吸引你？哪裡又使你困惑？你是否想起，自己曾為了維護自尊或感到恐懼，而做出愚蠢的舉動？

安徒生說故事

「一定是很棒的衣服，」國王想。「只要穿上它，我就分辨得出在我領土裡有哪些人不適任，還能知道誰聰明、誰傻瓜！趕緊給我織這種布料吧，我說了算！」

城裡每個人都在議論這塊華麗的布料。

國王褪去所有衣服，騙子假裝遞上每件應該縫製的衣服。他們在國王的腰部比畫著，國王扭了扭，在鏡子前轉動身子。

「天哪！國王的新衣可眞華麗！他那外衣的下襬可眞美麗！多合身哪！」所有人都不敢讓人發現自己什麼都沒看見，否則就表示自己不稱職或愚不可及。國王的衣服從來不曾獲得如此多的讚美。

從前有個國王，他非常喜歡漂亮的新衣，把所有的錢都用來打扮自己。他不關心士兵、不愛觀賞表演，更不喜歡在林間騎馬，除非是為了炫耀他的新衣。他無時無刻不在換穿新衣；一般人說國王「在國會殿堂主持國事」，這裡的人則說：「國王在他的衣帽間裡。」

他住的大城市，生活非常愜意，每天都有許多遊客到訪。有一天來了兩個騙子，他們冒充織布工，宣稱有辦法織出所有人所能想像最精緻的布料；不僅顏色與式樣美得脫俗，用這布料做成的衣服還有種奇特的品質：凡與地位不相稱或愚不可及的人，都看不見。

「一定是很棒的衣服，」國王想。「只要穿上它，我就分辨得出在我領土裡有哪些人不適任，還能知道誰聰明、誰傻瓜！趕緊給我織這種布料吧，我說了算！」於是，他給這兩個冒牌貨一大筆錢，好讓他們開始工作。

於是，騙子搬出兩架織布機假裝工作，但機器上頭什麼也沒有。兩人大剌剌要求最好的絲綢和最純的黃金，結果全都中飽私囊，然後在空無一物的織布機上假裝工作到深夜。

「不曉得布織得怎麼樣了？」國王心裡想道。但是，當他一想到凡愚蠢或不稱職的人就看不見，卻又惴惴不安。儘管不覺得自己有什麼好怕的，他仍然決定先派人去打探情況。城裡的居民都聽說了這塊布的神力，人人都想知道自己的鄰居多不稱職，或者多愚笨。

「我要派誠實的老臣子到織布工那兒去，」國王想。「他最能看清楚布料長什麼樣子，因為他很聰明，沒人比他更稱職了！」

於是，這位善良的老臣就來到兩個騙子所在的大廳，只見他們坐在空空如也的織布機前比畫著。

「天哪！」老臣心裡暗暗吃驚。「我啥也沒看見！」但他並沒有說出心裡的念頭。

兩個騙子請他靠近點，問他這塊料子是否式樣美、顏色佳，一邊指著空空的織布機。可憐的老臣子不斷張大眼，卻什麼也看不見，因為本來就空無一物。「天哪！」他想。「難不成是我笨嗎？我從來沒這麼想過。千萬別讓人知道！難不成我不適合擔任這職位？不對，說我看不見這塊料子，對我絕對沒好處！」

「您哪，還沒說一句話哩！」假裝織布的騙子說。

「哦，很美，很迷人！」老臣戴起眼鏡端詳著。「多好的花色啊！我會稟報國王，說我很滿意！」

「聽到您這麼說，實在太好了！」兩位織布工說明布料的顏色和花樣。老臣全神貫注地聆聽，打算一五一十向國王稟報。

騙子又要了更多錢、絲綢和黃金供織布之用，他們把這些財物中飽私囊，織布機上卻連一根線都沒有。只見他們一如往常，繼續在空空如也的織布機上織著。

不久，國王又派一位心地和善的官員去看看布是不是快織好了。這位官員同先前那位大臣一樣看了又看，但空空的織布機上什麼都沒有，所以他什麼也看不到。

「嗯，可不是一塊美麗的布料？」兩個騙子說著，一面展示並說明完全不存在的布料。

「難道是我笨不成！」官員心想。「不然，一定是我不適合擔任這重要職務。

這眞是怪透了，可千萬別讓人知道！」於是他極力稱讚那匹自己看不見的布料，並向兩人保證，他對美麗的顏色和別致的樣式很滿意。「的確，那塊布太迷人了！」官員回去後向國王報告。

城裡每個人都在議論這塊華麗的布料。

不久，國王想親自看看織布的情形。在精挑細選的隨從——包括兩位事先去過的忠誠下屬——陪同下，國王來到那兩個狡猾的騙子跟前，現在他倆正在沒有一根線或絲的情況下全速趕工。

「嗳，這不是挺華麗的？」兩位忠誠的下屬讚嘆著。「殿下請看，多好的樣式、多好的顏色啊！」說著，兩人指向空空的織布機，彷彿大家都看見那塊布料。

「那是什麼啊！」國王心裡暗暗吃驚。「我啥也沒看見！太恐怖了！是我笨呢，還是不適合當國王？這是我遇過最嚇人的事了！」但是他卻脫口說出：「哦，這是最美的花色！我給予最高肯定！」他看著空無一物的織布機，滿意地點點頭。國王不敢說其實他啥也沒看見。一旁的隨從仔細瞧了又瞧，每人眼裡看到的都一樣，但他們卻跟著國王說：「哦，這是最美的。」接著，他們建議國王穿上這華麗的新衣，參加即將舉行的遊行大典。「多華麗啊！太棒了！眞是出色！」讚嘆聲此起彼落，大家都滿意極了。兩個騙子都得到國王賞賜的掛在鈕釦孔上的勳章，並冊封爲「御用織布工」。

遊行前一晚，兩個冒牌貨開夜車趕工，燒掉超過十六根蠟燭。人們看到他倆正忙著完成國王的新衣，先是假裝從織布機上拿下布料，然後用大剪子對著空氣剪啊剪，再拿沒有穿線的針縫啊縫，最後兩人說：「看，衣服完工囉！」

國王帶著最傑出的侍從，親自過來看個究竟。兩個騙子舉起一隻手，彷彿手上抓著什麼似的，說道：「看，這就是褲子！這是外衣！這是披風！」「跟蜘蛛絲一樣輕哩，你會覺得像沒穿衣服一樣，這也是這件衣服最棒的地方！」

「是的，」隨從應和著，但他們什麼也看不到。

「如果能麻煩殿下寬衣，」騙子說，「我們就可以在這面大鏡子前，爲您把新衣服穿上！」

國王褪去所有衣服，騙子假裝遞上每件應該縫製的衣服。他們在國王的腰部比畫著，好像在繫上曳地的衣裾似的。國王扭了扭，在鏡子前轉動身子。

「天哪，真適合您啊！多合身哪！」騙子齊聲說道。「瞧這花式！瞧這顏色！眞是不可多得的衣服！」

「轎子等在外頭，要送殿下到遊行現場。」典禮官說。

「好！我準備好了！」國王說。「挺合身的不是？」於是他在鏡子前又轉了一次身子，好像在欣賞自己的華服。

負責提衣裾的隨從，雙手在地上亂摸一通，彷彿提起衣裾，然後一面走、一面抓著空氣，他們不敢讓人知道，自己啥也沒看見。

於是，國王在美麗的頂蓬遮蔽下走進遊行現場。在街上和窗邊觀看的人都說：「天哪！國王的新衣可眞華麗！他那外衣的下襬可眞美麗！多合身哪！」所有人都不敢讓人發現自己什麼都沒看見，否則就表示自己不稱職或愚不可及。國王的衣服從來不曾獲得如此多的讚美。

「但是他什麼也沒穿哪！」有個小孩突然喊道。「天哪，聽聽這純眞的心聲。」小孩的父親說。這時，有人把孩子說的話，低聲告訴旁邊的人。

「他什麼也沒穿！有個小孩說，他什麼也沒穿！」

「他什麼也沒穿！」觀禮的民眾竊竊私語，最後眾人齊聲高喊。國王直打哆嗦，因爲實情似乎就是如此。但他告訴自己：「我得看著遊行隊伍走完。」於是國王擺出更神氣的姿態，後面的隨從則繼續提著根本不存在的下襬。

故事的應用

〈國王的新衣〉讓我們看到，當人們聽信花稍的推銷辭令，反而變得不信賴自身的判斷力；或者因爲恐懼，而在人前人後說辭不一。故事中隱喻在以上兩種情況，人應該面對事實，勇敢說眞話。當然，說來容易做來難。數千年來，人類需要

你知道嗎？

一八三七年，安徒生出版第三本童話集，收錄悲劇〈小美人魚〉(*The Little Mermaid*)，和雋永的〈國王的新衣〉(*The Emperor's New Clothes*)。

安徒生的前兩本童話作品並未造成轟動。在第三本童話集的前言，安徒生提到，人們不僅認爲童話「一點都不重要」，還勸他封筆。他說：「詩人永遠是那小小國度裡的可憐人，名氣就是他得抓住的金鳥！身爲一個童話作家能否讓我抓到牠，只有時間能證明。」的確，時間證明了。安徒生不僅創造新的文體，改變了丹麥文的面貌，也獲得一輩子追求的不朽名聲。

〈國王的新衣〉寫作靈感來自西班牙人璜・馬奴葉（Don Juan Manuel）於十四世紀出版的《魯卡諾伯爵》(*El Conde Lucanor*, 1335)，該書集結許多猶太和阿拉伯地區發人深省的故事。在中世紀，人的命運取決於出身，而不是個人的本事。因此，在較早版本的〈國王的新衣〉，騙子的詭計是，如果看不見那塊布料，你的父親便不如你想的那般偉大。當一個人在他人眼中失去正當性，也將失去名聲、地位，和財產繼承權。

國王認爲這點子不錯，因爲只要有人被揭發是冒牌貨，財產將歸王室所有。因此，當國王發現連他自己也看不見那塊料子時，簡直驚恐萬分，更不敢打什麼「王室大進帳」的如意算盤了。難道說，他不是合法的王位繼承人？

最後，有個不認識自己父親，對這件事也毫不在意的非洲人，指著國王說他根本一絲不掛。國王承認自己做了蠢事，大夥想要逮住這兩名騙子，然而他們已不知去向。

依附部落以求生存，會出自本能地避免遭到排擠，因爲被排斥在外意謂失去了個人的身分與生命。爲了避免這種下場，我們到今日仍然一面在人群中爭權奪利，同時又彼此合作並養成忠誠度。

要明白的是，融入人群的慾望是很自然的。身爲群體動物的我們，就是喜歡與人交往（共度美好時光），然一旦我們太講究實際，爲了經營自己的前途而打算，人際關係就只是交易、達到目標的手段（扮演特定的角色，力求不出錯）。然而，融入人群的過程有個陰暗面；我們的自我可能會過度膨脹，誤把諂媚當事實，或者可能索性不理會事實，以維護自己的地位和聲名。解決之道很簡單卻頗費一番功夫：不再自欺欺人，要實事求是。勇於指出事實；至少對自己要絕對誠實。

融入群體是自然過程

當我們遵照一個團體或一種文化的規矩、贊同它對「成功」的觀點，我們就已經融入其中；無論這團隊是家庭、俱樂部、教堂、代表某種生活風格的文化圈、企業文化，或者國家。

融入的過程是極其自然的；七、八歲的小孩就懂得在線內著色、爭取「乖寶寶」的星星、贏得父母和老師的讚許。我們也記得被排拒在外的痛。只要聽到孩子被排擠，或是青少年沒受邀參加派對，便想起自己的創傷。如今，當我們被某個重要會議除名，會感到類似被拒絕的痛楚。

根據近來的人類腦部掃瞄研究，被排斥時所感受到的痛苦，幾乎就跟肉體受到傷害一樣。在一系列簡單的實驗中，三名「學生」（一名研究對象和兩名虛擬玩家）在玩電動玩具，把虛擬的球拋來拋去。一段時間後，兩名虛擬玩家開始捉對廝殺；當這位眞正的實驗對象，發現自己被「落掉」，這時腦部掃瞄顯示，實驗對象被啓動的腦部區域，和感受身體疼痛的區域竟然相同。確實很痛哪！那兩個騙子，就是利用這種痛來操弄人、謀取利益。爲了不被排除在外，於是我們全力適應，儘量融入。

融入群體的能力，端視對主流文化的理解程度、對團隊規則的適應力，以及能否接受計分方式。儘管不同的規範之間差異頗大，但有兩個基本模式：有些文化強調人需要與人往來、互助合作，建立長久的關係；有些則強調人需要獲取、競爭，比別人好。

傳統文化往往重視人際關係勝過追求成就，應驗了一句日本俗語：「凸出的那根釘子，很快會被錘掉。」在小鎮生長的人多半很熟悉這種生活方式。我的故鄉在丹麥北部的村莊，在那裡，人受到敬重的程度不是以金錢衡量，而是勤奮、正直和忠誠。謙卑是美德，我們努力做個質樸謙遜的人，假如你誤入歧途，有人會趕緊把你拉回正軌。每個人扮演的角色無關能力，而是一分責任。

對照之下，現代大都市的文化，往往喜歡強出頭。我在洛杉磯工作時，人的聚合只是暫時，「獲取利益」才是正經事。「讓你的名字被看見，」有人告訴我；「車子代表你的身分，」「被說成『輸家』比什麼都難聽，」「棋子最多的是贏家。」這場「多拿多贏」的遊戲主導了美國文化。爲了融入社群，這年頭的青少年和成人都想要私人空間、電視、手機、汽車、電腦和信用卡；無論是購買科技產品、運動鞋或度假，或者挑選住家地段、大學或醫師，都希望選擇愈多愈好。我們希望生活水平愈來愈高，而且現在就要！如果買不起，先記帳再說！消費者主義之父亨利．福特（Henry Ford）地下有知，一定開心得合不攏嘴。

開心過日子

他住的大城市，生活非常愜意，每天都有許多遊客到訪。

故事發生在一個如迪士尼樂園般，如夢似幻、快樂無憂的小國。國王穿上華美的衣服，被笑瞇瞇的「演員」簇擁著，人群在遊行隊伍旁列隊歡呼。融入群眾就是這麼輕鬆好玩又有趣。

如同故事所描述的，我們也知道如何找樂子。我們年輕的時候，也是「狐群狗黨」的一員，不外是爲了鬼混、開心一下。我們喜歡好音樂和好朋友，生活就像在度假！

但隨著年歲漸長，融入社群的種種現實理由比什麼都重要，使我們把「放輕鬆」忘得一乾二淨；家庭聚餐被其他行程壓縮，同事間的打屁也因爲趕期限而省了，朋友都被擺到一邊。

或許，我們可以從這個故事的主人翁身上學到點東西。即使他們爲了融入團體而作出愚蠢的事，但他們確實沒忘記找樂子。

扮演自己的角色

所有人都不敢讓人發現自己什麼都沒看見，否則就表示自己不稱職或愚不可及。

每個人都有一張面對外界的臉，一張鬍子刮乾淨或細心妝點的臉，一張演員的臉。一戴上這張臉就準備表演；我們的言行符合形象，且幫助我們融入群體。我們懂得扮好熱情支持者的角色；哪怕根本看不見「那塊布料」，還是照著他人的期望表演。

扮演不同角色，讓生活更有意思。記得有一回在一場領導能力研習課程上，我和一群加拿大警官共進午餐。其中一位警官表示，他在偵訊期間常扮演「壞條子」，讓我頗爲訝異。我知道他調查過許多虐童案，但也是個極度體貼，又富有同理心的人，因此我當然會幫他貼上「好條子」的標籤。正因爲我滿臉狐疑，於是他做了簡單示範。他顯然深諳這角色，演起來感情豐富。

角色扮演倒無所謂，但是當我們日復一日、月復一月、年復一年表演同一套東西，有時我們自己就會成爲那個角色。有一次我在咖啡館，無意間聽見一個英國男子跟朋友談到三個兒子的近況。他說「邁可」顯然還是一樣乖巧，另外兩個兒子個性卻變得有點急躁。英國父親解釋：「你知道的，他們在城裡工作。」看樣子，投資銀行家的處世態度造就他們的事業，卻製造出親子問題。

有時我們扮演的角色不僅溢出界線，還全面接管，成了個人身分的主要來源。有位擔任人力資源公司副總裁的朋友，談到和某公司副總裁的對話。這位仁兄怨嘆說，離開前一家公司後，再沒受邀參加以前的那些活動，心裡有些感傷。我這直腸子朋友便回答：「何必這麼難過？這些人本來就不是邀請你這個人，他們一直都是邀請你的頭銜。」在她看來，只有傻瓜才會把「我們是誰」——也就是「我們最深層的本質」——與「我們的地位和角色」給混淆。

在我們扮演的角色背後，才是私密的自己——包括個人的思想、情感、深層的思慮和決策——我們可以將之稱爲「私人管理者」。一旦這部分發展健全，人會有良好的自制力，做出好的決策，並老老實實看著決策落實。舉例來說，當你坐在會議室裡，包括老闆在內的每個人，正口沫橫飛地討論某商學大師的近作。如果你偏偏認爲這本書「了無新意」，該怎樣做呢？是問「笨」問題？是說出心裡的話、做樣子，還是保持緘默？我們的決定會有怎樣的後果？這時，幕後那位能幹的「私人管理者」會做出最適當的提醒。故事中，在那信臣之後又有一位官員被派去了解衣服製作情形，我們觀察到私人管理者如何發揮作用。兩位官員啥也沒看見，我們聽見他們的私人管理者，先是納悶著自己究竟是笨還是無能，接著立刻決定不要冒

險。他們選擇自保而非誠實，結果違背了他們扮演的「可信的顧問」的角色。這段情節相當寫實，因爲很多人都曾經面臨類似的兩難情況，最後用「務實」兩個字將自己所做的決定合理化。

很顯然地，我們要注意私人管理者太過務實的傾向。「務實」有時是爲了應付當下的狀況，就像這個故事的情節。不過，有時務實就比較具策略性，好比我們不斷設法美化自己的履歷，包裝自己，以符合企業需求。只要別在「交易」過程中放棄夢想和渴望，這麼做倒是無傷大雅，可惜的是，人往往犧牲所愛，以換取當時看似有意義的事物，到頭來卻發現因小失大。

在八〇年代，管理職似乎是鐵飯碗，直到企業再造推動「減肥措施」才改變。到了九〇年代，電腦業前途不可限量，但高薪工作沒多久就移往海外。如果爲了不確定的未來而犧牲所愛，代表我們做了個壞決定。最務實的做法，往往是少花時間替不可測的未來訂定策略和計畫，多花時間關注自己的熱忱和潛力，唯有如此才可能培養被雇用（employable）的能力，並且從工作中獲得滿足。

● 謹愼行事

「多華麗啊！太棒了！真是出色！」

我們會爲了融入群體而努力，像是表現良好的舉止，乃至趕在期限前完成工作。這樣做並沒有錯；然而，一旦爲了融入群體而睜眼說瞎話，做出違背價值觀的事，問題就來了。這時候，一味想融入群體便顯得愚蠢不智。人爲什麼那麼做？往往因爲恐懼，想十拿九穩，想要小聰明，避免影響前途，把飯碗保住。

恐懼往往是「手頭緊」的結果。當我們債臺高築，或當就業市場鬆動，會感覺暴露在風險中，便會謹愼行事。我們聽從掌權者的意見，把自己的想法丟一邊；換句話說，被他們牽著鼻子走。故事中的兩位官員看不見那件新衣，但因爲害怕被拒絕，索性忽略自己的感受，說些被期待說的話。

在今日的職場，我們常常得面對類似的弱點；我們擔心萬一看不出新策略的高明之處，可能被認爲是「愚不可及」；如果不對新產品鼓掌，或者對重組行動搖旗吶喊，可能會被斷定「不配擔任現職」。於是，我們在人前說話四平八穩，哪怕心裡根本不做如是想。我們感受到風險，於是謹愼行事。如果青少年從眾，我們會說是「屈服於同儕壓力」，但是當成年人這麼做，我們說自己「務實」。

我們迎合從眾，是因爲長官擺出一副掌握自己生殺大權的架勢，而我們也信以爲眞，相信只要照他們的規則玩，就能吃香喝辣；只要達到他們訂的標準，就會成功。那麼，一旦他們說了卻辦不到，我們會有受騙的感覺。我們必須明白，他們的力量是有限的，所以要信賴自己的力量。

我們努力適應，因爲企業總是謹愼地營造形象，我們也期待企業形象是穩定牢靠的。但是，時有所聞的企業聯姻、收購、合併和業務外包，卻使企業形象變得難以預測，隨著「統治者」更替，規則跟著被修正，計分方式也隨之調整：原本當紅的計畫喊停，A級團隊被打入冷宮、部門被精簡縮編。即使如此，我們還自我安慰說至少還有健保。不睜大眼不行了。在全球經濟之下，企業將不斷改變，像我們這樣的自由工作者，唯一的保障是自身的才能，和一路走來的成績。

我們遵守順從，因爲喜歡現有的生活，擔心講出心裡的話會斷送前途，生活將大打折扣。大多數人被房貸、汽車、學費和卡債綁死，於是爲了支付生活開銷，而放棄自由。

中年生涯輔導師潘・沃爾許（Pam Walsh）認爲，債務會消磨勇氣。她要客戶成立「自由基金」，從小地方開始累積，比如說退回一時衝動買下的東西，然後把款項存入一個特殊帳戶。我有個超愛買服飾的朋友，利用這種方式，短短三年的積蓄就很驚人。比較激烈的步驟，可能是賣掉第三輛車，或搬進小一點的房子。

當我們面對並處理恐懼，就能一面抗拒「同儕壓力」，同時兼顧務實。

● 隨時檢視自我

國王無時無刻不在換穿新衣……

〈國王的新衣〉的主旨是，極力融入群體也可能是愚蠢的行爲。「自我」往往使人行為愚蠢；當自我開始膨脹，往往使得人開始睜眼說瞎話，或陶醉在自己的想法裡，再也聽不進別人的話。以虛榮為形式的自我，則可能使人寧可相信舌粲蓮花的銷售辭令，也不相信自己的理智。

在故事中，國王是虛榮的化身。他熱愛漂亮新衣，花費所有的錢在打扮上，這顯然是自我失控的信號。當然，享用好東西是充滿樂趣的，但是把錢全花在華服上，就顯得愚蠢。

偉大的領導者懂得隨時檢視自我，避免類似的不智之舉。他們身旁通常有幾位值得信賴的顧問，他們鼓勵顧問各自發表不同見解，提出諍言。安徒生自己也有幾位密友，會直率地說出自己的想法；要不是他們，安徒生的作品可能多半流於老套和風花雪月（有些確實如此），而非成熟期作品的見解深刻，且經得起時間考驗。

每個人身旁都需要幾個說眞話的人，無論是朋友、家人，或者輔導員。我們不見得完全採納他們的建議，但不可不留心，尤其一旦注意到確實有某種模式存在時。前陣子，我跟我的西班牙親戚到山上度假。我不肯和其他人一樣，一整晚在小村子的慶典活動上飲酒跳舞。我對大伯說：「我現在忙著寫書，」他隨口應了一句：「妳都嘛在忙。」不知爲何，他的評語讓我不太高興。當然，我的西班牙和丹麥親戚都說過，我那「拼命三娘」的作風太過「美式」，需要多找點時間放輕鬆，找點樂子。以往我會把類似評論當耳邊風，但這次我聽進去了。我熱愛工作，但工作是否逐漸成爲一種執迷，而不是熱忱？我是否在不假思索的情況下，接二連三進行令人興奮的專案計畫？工作是我的虛榮嗎？我還在思索。

你的虛榮是什麼？什麼令你自覺有魅力、聰明或相當了不起？是加入「A級團隊」、充當某重要人物的軍師、賺很多錢，還是外表看起來很年輕？果眞如此，後果是什麼？這場遊戲使你生氣勃勃，還是死氣沈沈？多問自己類似的問題，可以有效提升我們的自我覺察，而這便是抵抗愚昧的最佳武器。

面對自己的愚昧

在八〇年代早期，我自己的行爲就跟故事裡的人物一樣愚蠢。恐懼和自尊使我不理會內心的判斷，選擇了順從。

當時，一般認爲女性不夠果決、不足以擔任管理者；女性也不具備高階經理人應有的理性。換言之，女性未能融入群體。因此，身爲跨國製造業的第一位女經理，我拼命工作，行事強悍，聽到黃色笑話便放聲大笑。沒多久，我榮膺位高權重的產品線領導人。

有一天，我的老闆和大老闆要我完成一項計畫，我認爲這計畫恐有誤導顧客之嫌。我天眞地提出道德問題，馬上就發現這是不智之舉。兩位先生交換眼色，好像在說：「我早就知道絕不該雇用女性。」然後他們直接了當地說，如果我做不來，他們會找個男性來做。聽見前途出現緊急煞車聲，於是我向他們打包票，我會馬上處理這件事。

爲了替缺乏勇氣找下台階，於是我提醒自己，我那位於山坡的房子還有多沈重的房貸。誰會跟錢過不去？還有，我剛從公部門轉到企業界，還不熟悉這場營利遊戲的規則。此外，由於我來自清一色女性的物理治療部門，因此我以爲如果想跟男性一較長短，就得照他們的規矩玩。那是很合邏輯的決定，但我心裡並不舒坦。在內心深處，我對自己逐漸成爲的那種女性感到失望。

經過一段時間，「本我」開始抬頭。首先，我爲什麼要過如此奢華的生活？這麼做讓我生氣勃勃，還是死氣沈沈？還有，我的自我還沒有被轉昏頭嗎？老實說，難道我不會因爲平步青雲，身爲紅人而自豪嗎？難道我不因爲自己的全版照片出現在年報上、那豐沛的預算和高能見度的職位，而從中獲得樂趣？

當我終於張開雙眼，發覺是債務使我失去勇氣。於是，我和外子把生活簡化到可以靠一份所得爲生，這麼做如同給了我們說眞話的自由（不表示我們會無的放矢），並且在職業生涯上，做出異於傳統的舉動。我們用舒適的生活，換來品質更好的人生。

面對事實

有個小孩喊道：「他什麼也沒穿！」人們跟著喊道：「他什麼也沒穿！」

安徒生最初把〈國王的新衣〉原稿交給出版商時，他並沒有戳破幻覺和假象。原始版本是這樣作結的：

「以後我參加遊行，或是在群眾面前公開露面時，一定得穿上這禮袍，」國王說。全鎮居民都在討論他那神奇的新衣。

就這樣，自我只受到小小教訓，各個角色維持原狀，大家開心了一場。但是，他們被操弄、被欺騙，對自己的判斷產生懷疑。

幸好在付梓前，安徒生添加了孩子無邪的觀察，改寫了結局：「他什麼也沒穿哪。」如此一來，結尾變得不那麼冷嘲熱諷，也增添想像空間。

當國王被迫面對事實，他是佯裝不知，還是接受眞相？以前，我認爲他迴避到底，因爲故事寫著：「國王直打哆嗦，看來大家說得沒錯。」「看來」這兩個字使我以爲他不肯面對事實。還有，如果他承認自己被騙，爲何不派人逮捕那兩名騙子？（參見「你知道嗎？」）但是，能不能用比較正面的方式詮釋這個結局呢？

我有個朋友是資深的童書編輯，也是安徒生的書迷，她認爲〈國王的新衣〉的結局帶給人希望。她相信國王經過此生最羞辱的一刻後，終將負起該負的責任。這個原本愛慕虛榮的人，如今被剝去華服，一絲不掛，傻子似的暴露在群眾面前。不過，他並未因此崩潰。他抬頭挺胸，看著遊行隊伍前進。在我的朋友看來，國王以前只是打扮成國王的樣子，經過這次教訓後，他終於有膽識眞正做一個國王。

這位朋友對國王舉止的詮釋，符合我們所知的「成癮行爲」。酗酒者的下場，往往是徹底蒙羞，迫使他們重新張大眼睛。當他們面對事實，便能在匿名戒酒會上起立，一字一句說出：「我的名字是×××，我是酒鬼。」當衣服被扒光，一切幻影消失，原本沈溺在某種癮頭的人會逐漸清醒過來，儘管可能要花好一段時間。

面對事實不僅對個人重要，對表現優越的團隊也很重要。坦誠不諱的人，是團隊中不可多得的資產；換句話說，這樣的團隊成員能避免交相指責，而且人人都期望自己所屬的團隊愈來愈出色。

故事中的小男孩說：「他什麼也沒穿哪！」就是率直發言的好例子。因爲這句話不言自明，所以群眾立刻表示贊同。如果那孩子拋出「國王是笨蛋」的意見，其他人不見得會贊同；他們可能會反駁：「才不咧，國王是純眞。」或者「才不咧，國王應該更愼選幕僚才對。」

不幸的是，許多團隊往往只是老話重提、揭他人瘡疤，而不肯實話實說；哪怕這樣的怨言並沒有實質的幫助。我在參與領導階層的團隊時，當大家眞的想探討問題出在哪裡（比如說，遇到千載難逢的機會，卻措手不及），必定會卯足全力釐清原因並坦然面對，承認並調侃自己的愚蠢＊。唯有如此，團隊才能愈來愈壯大。拋開對自己、團隊或公司的錯覺並不容易，但這就是成長的一部分。

總之，這個故事的主要啓示之一，就是我們必須隨時檢視自己是否照自己的步調走。當我們急於融入群體時，會依照別人的步調過日子；短期之內或許有好處，但長遠看來就很冒險。當我們太過務實，爲自己的前途而小心算計，會步步爲營來迎合他人期待。我們選擇別人建議的職業，學習他們要求的能力，順應他們的半年績效考評。我們聽老闆、聽人事主管、聽重要人物的話，放棄自己的慾望，順應他們的規矩，按照他們的計分方式。而後，如果工作被裁撤、外包或轉往海外，就會有種被背叛的感覺。

只要取回自己的主控權，選擇自己有熱忱的工作——也就是我們比別人擅長的工作——就能改善現況。於是，我們並不自認位高權重，而是任重道遠。最重要的是，我們做出一流的成果，並充分享受過程。

當一個人的自尊仰賴他人的認同，以及操之在他人賦予的獎金或升遷，這時控制權便落入他人手上。其實只要用兩個絕佳的「愚昧偵測器」，我們就可以收回主控權，亦即：從內心指引的「自覺」，以及來自外在激勵的「坦誠對話」。兩者都是由同一個問題發動：「主控權歸誰？」如果發現主控權在他人身上就該叫停，重新檢視全局。當我們以投入深切情感的興趣、調和務實的性格，以達到平衡，一如誠

* 若想免費索取《團隊交心指導手冊》（*Guidelines for Candid Team Conversations*），請上網www.mettenorgaard.com。

實看待自己的恐懼和自我，就沒有人能把我們耍得團團轉。

〈國王的新衣〉讓我們對人生中難堪的時刻與自身的愚昧一笑置之。安徒生寫這故事的用意不在批判，是要大家做個眞實可靠的人。他沒有抹黑我們，而是要我們敏於覺察。他請大家來點樂子，但別當個傻子。

想一想……

- 你是否站在名爲「生活水準愈來愈高」的跑步機上？如果是，這麼做令你生氣勃勃，還是了無生趣？
- 爲何選擇說實話？你爲何說別人預期的話，或保持沈默？

跟同事聊一聊……

- 哪些事不能在職場上討論？你怎麼知道？
- 在你所屬的工作團隊中，哪位隊友能提出棘手的議題？他們怎麼辦到的？

醜小鴨

當我們重視自己渴望的事物，便能漸漸找回天鵝般的本性。

鄉間景色多美麗啊。夏天來了！小麥是黃的，燕麥是綠的，綠油油的草皮上堆放著稻草。

〈醜小鴨〉以美麗的田園風光開場，更以田園詩般的花園景致作結。但是，在這恬靜的兩幕間，卻是個殘酷的故事；故事主人翁遭到排擠、奮力求生、期盼渴望、學習領悟，最終成為自己應有的樣子。

故事主題是主人翁探索自我的旅程；相當具有普遍性，超越時代的限制。醜小鴨有個不幸的童年，故事中的他始終灰心喪志，因此當他終於展現志氣，令人既驚且喜。首先，他獲得生存本能，對旁人的詆毀說「不」。然後，他確立自己的身分，對乖順說「不」。最後，他對自己的潛能說「是」，表現出天鵝般的天性，也就是他的本質。

當你閱讀以下的故事時，想想這些問題：這個故事給你什麼啓示？你會為了什麼事感到灰心？你渴望獲得什麼？

安徒生說故事

「噁！看那隻醜鴨子！別饒他！」

醜小鴨好悽慘，因爲大家都覺得他是怪胎，使他飽受嘲弄。

醜小鴨越過籬笆逃跑。進入寬闊的世界，但是，其他動物仍然因爲他的醜陋，而對他不理不睬。

一大群美麗的鳥從樹叢飛出來。小鴨子從沒見過如此秀美動人的生物；他們的身軀是閃亮的白，有著優雅的長頸子。啊，他們是天鵝！

天鵝看見小鴨，便蓬著羽毛急急靠過來。「來吧，殺了我吧，」可憐的小生物說著，一面低頭看著水面，等著死亡來臨……

鄉間景色多麼優美啊。夏天來了！小麥是黃的，燕麥是綠的，綠油油的草皮上堆放著稻草。白鸛用修長的紅色雙腿踏著步伐，吱吱啾啾地說著埃及話，因爲那是媽媽教的語言。田園和草地四周是一大片樹林，林子中央有幾個深水湖。是啊，鄉間景色眞是太美麗了。

陽光照射著古老的莊園，莊園外圍有道護城河。從圍牆一直到河邊，長滿了葉片寬廣的雜草。雜草生得好高，甚至比個子小的孩子還高。草叢就像茂密的森林一樣荒涼。有隻母鴨坐在窩上孵小鴨，但她愈來愈不耐煩，因爲她自個兒孵了好久卻沒有人陪伴。其他鴨子寧可在護城河上游來游去，也不願意到草叢陪她聊天。

終於，鴨蛋一顆顆裂開，「啪！啪！」所有蛋黃都活了起來，小腦袋紛紛破殼而出。

「呱！呱！」母鴨喊著，於是小鴨們連忙跳上草地，在綠葉底下東張西望。母鴨欣慰地任小鴨看東看西，因爲綠色對眼睛有益。

「哇，世界眞大啊！」小鴨們驚嘆道。外面的世界，肯定比鴨蛋裡大多了。

「這才不是全世界哩，」母鴨說：「世界的範圍遠遠超過花園，一直延伸到牧師公館，我自己倒是從沒去過。好啦，我想大家都到齊了！」母鴨說著站起身來。

「啊，不對！最大顆的蛋還沒破呢。這小傢伙究竟要等多久才肯出來啊？我開始不耐煩了！」於是她又坐了下來。

「喂，情況如何？」有隻老鴨來串門子。

「這顆蛋好花時間啊！」母鴨回答。「就是不肯裂開。不過，你倒是看看其他的！他們是我見過最可愛的小鴨子，每隻都像爸爸。那個無賴傢伙，他竟然沒來探望我。」

「讓我瞧瞧那顆不肯裂開的蛋吧！」老鴨說。「相信我，那是顆火雞蛋！我自己就被騙過。生下小火雞很令人頭大，因爲火雞怕水！我沒辦法把他們弄下水！我呱呱叫又死命催，卻一點用都沒有。給我看那顆蛋。嗯，是火雞蛋沒錯。別管他了，妳只管去教別的小鴨游泳。」

「唉，我還是繼續孵吧，」母鴨說。「蹲那麼久了，乾脆把他孵出來唄！」

「隨你便！」老鴨說完便走開了。

最後，那顆最大的蛋終於裂開。「啾！啾！」小傢伙邊叫邊滾了出來。他是個醜大個兒。母鴨盯著他看。「哇，好一隻大小鴨啊！」她說。「跟別隻都不像！不可能是小火雞吧？反正遲早會知道眞相！就算用踢的，也要讓他一起下水！」

第二天，天氣晴朗，太陽照射在草叢上，母鴨帶著一窩小鴨來到護城河。啪哳！她率先跳進水裡。「呱！呱！」她一聲令下，小鴨一隻接一隻跳下去，濺起的水花打在頭上，但他們立刻抬起頭，用優美的姿態浮在水面上。小鴨用腳划水，所以每隻小鴨馬上熟悉水性，連那灰色的醜小鴨都跟著游。

「不對，他不是火雞！」母鴨心想。「看他滑水滑得多好，身子挺得多直。是我的親骨肉沒錯。如果仔細看，其實他長得不賴。呱，呱。來吧，我帶你們到外面的世界，帶你們到鴨圈去，不過得跟緊一點，別被踩著了。還有，要當心貓！」

於是小鴨子們跟著母鴨來到鴨圈。那裡鬧轟轟的，原來有兩家人爲了鰻魚頭爭吵不休，最後被老貓漁翁得利。

「看哪，這就是世界。」鴨媽媽舔著鴨嘴，她自己也很想要那個鰻魚頭。「現在邁開你們的雙腿吧！」母鴨說。「趕快去向那老傢伙鞠躬！她可是我們這裡的上流人士呢！她有西班牙血統，所以才會那麼胖。看到了沒，她的腿上有一圈紅布，那代表最高榮耀，重點是沒人會攻擊她；意思是說，她將同時得到動物和人類的認同！快點走！別把腳併在一塊！教養好的鴨子，會學爸爸媽媽那樣把雙腿分開，這就對啦！現在彎下脖子，喊：『呱！』」

小鴨們照做。周圍的鴨子看著他們，大聲嚷著：「看看！又來了一群鴨子！還嫌不夠多嗎？噁！看那隻醜鴨子！別饒他！」一隻鴨子立刻飛過去，朝醜小鴨的脖子咬了一口。

「放過他吧！」母鴨求情道。「他又沒礙著誰！」

「是沒錯，但他太笨重，又怪得很。」張口咬的那隻鴨子說：「所以他活該倒楣！」

「他們都是媽媽的漂亮寶貝！」腿上繫著紅布的那隻老鴨說。「除了那一隻以外全都美極了。那隻長得不好。如果能重新生一遍就好了。」

「那是不可能的，夫人。」母鴨說。「他是不漂亮，但他本性善良，再說，他游得跟別隻一樣好！我敢說，甚至還好一些呢！我想他長大以後會越來越好看，不然體型也會小一點。他待在蛋殼裡太久，才會長得怪怪的。」說著，鴨媽媽輕觸醜小鴨的頸子，把他的羽毛梳順。「再說，他是隻公鴨，」母鴨說：「所以外表沒那麼重要。我想他會變得頭好壯壯，一定沒問題的。」

「其他小鴨都好可愛，」老鴨說。「大夥把這兒當自己家。如果看到鰻魚頭，別忘了帶給我。」

於是，鴨群在鴨圈安頓下來。

然而，那隻可憐的小鴨，那到最後關頭才破殼而出的醜小鴨，卻被鴨子和母雞攻擊、冷落、嘲笑。「他太大隻了啦！」他們異口同聲地說。生來就有雞距，因此以國王自居的公火雞，雄赳赳地像艘漲滿帆的船，他咯咯叫著朝醜小鴨撲過來，臉漲得通紅。可憐的小鴨不知該留在原地還是落荒而逃。醜小鴨好悽慘，因爲大家都覺得他是怪胎，使他飽受嘲弄。

第一天就這麼過去，往後的日子則是愈來愈不好過。所有鴨子都愛追趕可憐的小鴨，連兄弟姊妹都不給他好臉色，動不動就說：「如果貓把你抓走，該多好啊，你這隻恐龍弟！」鴨媽媽也說：「如果你離我們遠一點，該多好啊！」鴨子咬他，母雞啄他，餵食的女孩踹他。

醜小鴨終於無法忍受，他越過籬笆逃跑，樹林裡的小鳥嚇得飛了起來。醜小鴨心想：「都怪我長得太醜……」他難過得緊閉雙眼，但還是不停地跑。過了一會兒，醜小鴨來到野鴨生長的濕地，疲倦又難過地躺了一晚。

隔天早上，幾隻野鴨飛起來，端詳他們的新伙伴。「你是啥東東啊？」醜小鴨團團轉，很客氣地跟大家打招呼。

「你還眞醜咧，」野鴨揶揄道：「不過無所謂，只要你別跟我們家的姑娘結婚！」可憐的小東西！醜小鴨肯定壓根沒想到結婚的事；他連躺在燈心草叢，喝點濕地的水都不敢。

他在那兒整整躺了兩天，接著來了兩隻野鵝——其實是兩隻公鵝；他們剛出生不久，兩隻都很活潑。

「聽著，兄弟，」公鵝說：「你實在有夠醜的，但我們挺喜歡你！你想不想一起來當候鳥？這附近的另一處濕地，有幾隻親切又美麗的野鵝，他們都是會『呱呱！』叫的姑娘，像你這麼醜，說不定也會有豔遇哩！」

就在此時，他們的頭上響起「砰！砰！」的聲音。兩隻野鵝應聲倒地，死在草堆裡，清澈的水一下子被血染紅。「砰！砰！」槍聲再度響起，整群野鵝從草叢飛起，接著又有幾隻被射中，眞是大規模的獵殺。濕地各處都埋伏著獵人，有些人甚至端坐樹枝上，射程遠遠超過草叢。藍煙像雲朵般，從茂密的樹叢飄散出來，籠罩在湖面上空。獵犬從泥濘中跑來，啪咑！啪咑！草叢和蘆葦隨之搖晃。可憐的醜小鴨嚇壞了，便把腦袋藏在翅膀下。就在此時，一隻可怕的大狗出現在他面前；只見惡犬吐出舌頭，雙眼閃著兇光，伸出爪子對小鴨突襲，還露出銳利的牙齒，接著啪咑！啪咑！他揚長而去，並沒抓走小鴨。

「啊！謝天謝地！」小鴨鬆了口氣。「連狗都嫌我醜而懶得咬我！」這時，一發發的槍彈「咻咻」穿過草叢，小鴨一動不動地躺著。

直到午夜，一切才歸於平靜，但是醜小鴨仍然不敢起身。他又等了好幾個鐘頭，才敢抬起頭四處張望，然後使盡所有力氣，離開溼地拼命往外跑，穿過田野和草地。風很大，他跑得好辛苦。

傍晚時分，醜小鴨來到一間殘破的農舍。屋子荒廢到不曉得該往哪一側倒塌，只好勉強撐著。強風呼呼吹在小鴨身上，他只好蹲在地上等那陣風過去，不料風勢愈來愈猛。這時，小鴨發現門上有條絞鍊脫落，於是他偷偷從門縫溜進屋裡。

農舍住了一個老婦人，還有她的貓和一隻母雞。老婦管那貓叫「桑尼」，他會拱起背咆哮，如果你逆向摸他的毛髮，他的身上甚至會迸出火花。母雞身子矮腿又短，於是老婦人叫她「矮腳雞」。矮腳雞挺會下蛋，相當受到老婦人的疼愛。

隔天早上，他們馬上發現這個陌生客，貓咪開始咆哮，母雞咯咯叫。

「這是什麼？」老婦人上下打量。她看不太清楚，以為小鴨是隻走失的肥鴨。「哈，賺到了，這下我有鴨蛋吃了，只要不是隻公鴨就好。不過，我們可以試他一試！」

於是小鴨獲得三星期的「試用」，但是這段期間連個蛋影子都沒有。貓是這屋子的老大，母雞是他的妻子。他們老是說：「我們撐起半邊天！」，他們自以為是半個世界，而且是那最好的半個。小鴨認為人人都可以發表不同意見，但母雞可受不了。

「你會下蛋嗎？」母雞問。

「不會！」

「那，你最好給我乖乖閉嘴！」

貓接著問：「你會拱起背，發出咆哮聲，並且迸出火花嗎？」

「不會！」

「那麼，當聰明的我們說話的時候，你就不該隨便發表意見！」

小鴨坐在角落，心情盪到谷底，他想起清新的空氣和陽光，然後有種想浮在水面的慾望。最後他終於憋不住，非得跟母雞說不可。

「你是怎麼啦?」母雞問。「你太閒了。一定是這樣，所以才淨想些怪點子。去孵蛋或咆哮一番，你就會把怪念頭給忘了。」

「可是，浮在水面眞的很棒，」小鴨說。「讓水淹過頭，潛到水底，眞的很快樂!」

「是哦，眞開心呦，」母雞冷嘲熱諷：「你八成是瘋了!去問貓，他是我所知最有智慧的，問他喜不喜歡浮在水面，或者潛到水裡!連我自己都不屑一提。你去問老太太，我們的女主人，世界上沒有人比她更聰明。你認爲，她會想浮在水面，讓水淹過頭嗎?」

「你們不了解我……」小鴨囁嚅道。

「如果我們不了解你，那誰會了解你?你該不是自以爲比貓和老太太更有智慧，更別說是我!別庸人自擾吧，孩子!還有，爲我們對你做的所有好事，感激造物主吧。你這不是來到了溫暖的房間，有大夥在你身邊，供你學習效法嗎?但你是個呆子，跟你在一起實在無聊透頂!相信我，我把殘酷事實告訴你，是爲了你好，我們就是用這個方法，了解誰才是眞正的朋友！現在，你只管開始下蛋，或學會如何咆哮，或迸出火花！」

「我想到寬闊的世界。」小鴨說。

「是哦，悉聽尊便。」母雞不屑一顧。

於是小鴨進入寬闊的世界，浮出水面又潛入水底。但是，其他動物仍然因爲他的醜陋，而對他不理不睬。

秋天來了。樹葉轉成金色，再轉成棕色，被風吹得團團轉。空氣冷颼颼，厚厚的雲層落下冰雹和雪。有隻渡鴨坐在籬笆上，在冷冽的風中大聲叫著：「哇嗚！哇嗚！」的確，任誰想到這番景象都覺得冷冰冰。可憐的小鴨肯定很不舒服。

一天夜晚，就在落日的餘暉下，一大群美麗的鳥從樹叢飛出來。小鴨子從沒見過如此秀美動人的生物；他們的身軀是閃亮的白，有著優雅的長頸子。啊，他們是天鵝！他們發出特異的叫聲，張開壯觀的大翅膀，從寒冷的地方飛到較暖和的土地，和沒有結冰的湖。他們愈飛愈高。小鴨覺得眼前的景象很不可思議；他在水面上兜圈子，把脖子拼命伸長、眺望空中的天鵝。然後小鴨突然大叫一聲，聲音如此嘹亮而奇特，連小鴨自己都嚇了一跳。

啊，他忘不了這群美麗的鳥，這群快樂的鳥。當小鴨再也看不見天鵝，便又潛到水底。而當他再度抬起頭，他簡直欣喜若狂。他不知道那些是什麼鳥，也不知道他們飛往何處，但即使如此，他愛他們，程度更勝他愛過的任何一位。他不嫉妒，因為他從不敢奢望自己變得如此可愛。只要同儕能容忍他就心滿意足，因為他是可憐的醜東西。

冬天天氣冷，而且非常冷。小鴨必須不停地游來游去，以免那僅存可以游水的地方完全被冰凍。最後他精疲力竭，躺倒在水面上，沒多久就被凍住在薄冰裡。

清早有位農夫路過，他看到小鴨受困，便用木鞋把冰擊碎，把小鴨帶回家，於是小鴨又活了回來。

農夫家的孩子們靠過來想與小鴨玩耍，但小鴨以為他們想傷害自己，受到驚嚇的他一頭撞上牛奶盤，牛奶潑灑地到處都是。農夫太太尖叫，急得揮舞雙手，小鴨逃到放牛油的溝槽，再掉進麵粉桶，最後站了起來。多混亂吶！農夫太太大吼大叫，想拿火鉗打小鴨；孩子們撞成一團，在嘻笑尖叫中想抓住小鴨。幸好門是敞開的，小鴨連忙衝出去，躲在被新雪覆蓋的樹叢間。他躺在那兒，彷彿在冬眠。

講起小鴨在嚴冬經歷的所有危險和絕望的事，讓人跟著失落沮喪。小鴨躺在燈心草叢生的濕地上，這時溫暖的太陽開始照耀，雲雀唱起歌來。春天又來了！

忽然間，小鴨舉起雙翼，它們拍打的力道比從前更大，一口氣將他帶到半空中，飛得遠遠地。他還來不及回過神，已經來到一座大花園，蘋果樹上開滿花，空氣中瀰漫著丁香花的氣味，花朵綻放在長長的綠色枝條上，一路垂懸到蜿蜒的運河。噢，多可愛啊，和春天一樣清新！這時候，就在正前方，三隻美麗的白天鵝從灌木叢走了出來；他們蓬起羽毛，輕盈地在水面悠游。小鴨認得那群美麗的鳥，心頭浮起一陣說不出的傷感。

「我要飛向這群帝王般的鳥！雖然，他們會因爲我膽敢接近他們而咬死我，因爲我惹人厭。但是不打緊。被他們弄死，總好過被鴨子咬、被母雞啄、被看顧鴨圈的女孩子踹，更別說是還得捱過另一個寒冬！」於是小鴨飛進水中，朝著華麗的天鵝游過去。天鵝看見小鴨，便蓬著羽毛急急靠過來。「來吧，殺了我吧，」可憐的小生物說著，一面低頭看著水面，等著死亡來臨——等等！小鴨在清澈的水裡見到什麼？他看見自己的倒影。他不再是那笨拙、黑灰色的鳥，又醜又惹人厭。因爲，他自己就是天鵝！

只要你是從天鵝蛋孵出來的，即使出生在鴨圈也無所謂。

小鴨眞心慶幸自己承受過種種磨難與逆境，因爲現在的他，懂得欣賞自己的幸運，和等待著他的所有美好事物。大天鵝在他身邊游來游去，用細長的嘴輕戳他。

幾個小孩來到花園，把麵包和穀子丟進池子，最小的孩子大聲喊道：「又來了一隻天鵝耶！」孩子們歡天喜地附和道：「沒錯，又來了一隻天鵝！」他們開心得手舞足蹈，跑去找爸爸媽媽，又往水裡扔麵包和蛋糕，大夥異口同聲說：「新來的那隻最漂亮！好年輕、好可愛啊！」老天鵝紛紛向這隻新來的天鵝表達歡迎之意。

新天鵝害羞極了，把頭藏在翅膀下，因爲他不知所措。他實在太開心了！但他並不驕傲，因爲心地善良者，是從不會驕傲的！他回想自己過去如何遭到虐待與嘲弄，而今卻聽見每個人說，他是這群可愛的鳥當中最美麗的。丁香花爲他彎腰，把枝子一路垂到水中，陽光如此溫暖、如此明亮。他蓬起羽毛，舉起修長的脖子，感到由衷地喜悅：「當我還是隻醜小鴨的時候，從不敢奢望擁有那麼多的幸福快樂。」

故事的應用

並不是擁有令人稱羨的職業就叫做成功；眞正的成功是找到歸屬之地，成爲我們該有的樣子。當我們必須跟某些人一同生活、工作，不表示我們合該與他們爲伍；我們應該常和那些能夠分享或鼓勵我們的想望的人來往。此外，當我們年歲漸長，不表示一定會長成該有的樣子。唯有當錯誤的自我形象滅絕、眞我誕生，才會

你知道嗎？

一八四三年十一月，安徒生出版一部童話故事集，收錄了〈醜小鴨〉和〈夜鶯〉。作者首度把封面上「講給孩子聽」的字樣刪除，因為他認為這些故事是同時為孩子和成人而寫；換句話說，故事情節吸引孩子，寓意則讓成人深思。這本書讓安徒生在文壇奠定地位，也賺進大筆收入。

〈醜小鴨〉是安徒生作品中最富有自傳意味的。學者從安徒生留下的信件和日記中，發現了〈醜小鴨〉故事裡描述的各種情緒和感受。學者托普索簡森（H. Topsoe-Jensen）特別把安徒生本人和故事情節做出好幾個對照，他認為作者自己就像醜小鴨，是個「不得寵的人，只能仰賴那些偶然遇到、並不真正了解他的人伸出援手，以致內心相當自卑，長期活在自我懷疑的陰影下，內心深處卻暗暗相信，『還他公道的時刻』終將來臨。」

安徒生就像故事主角般常常自怨自艾，但他同樣出人意表地英勇無懼。這樣的性格其來有自，因為安徒生的童年生活並不快樂。父母直到安徒生出生前才草草結婚，祖母因為擁有太多非婚生子女而入獄，祖父被關進瘋人院，而安徒生有個同母異父的姊妹在妓院工作。此外，安徒生從小是個娘娘腔的醜男孩，腳丫子太大，四肢細長，眼睛如豆。但是，安徒生充分發揮特長，一路奮鬥到哥本哈根，不僅榮獲皇室的勳祿，也成為全世界最受愛戴的作家之一。

流露我們的本質。

自我探索的旅程並不是一條輕鬆好走的路，它驅使我們離開穩定和統合，來到不穩定而密集成長的階段；到了下個層次，才又回到穩定和統合。當兩歲小娃或青少年經歷不穩定的階段時，我們視爲正常，說他們「難搞定」；可是當成人發生類似情況，我們認爲那是任性妄爲，說他們缺乏責任感。但是，唯有對乖順提出質疑並敢於違逆他人，我們對自己、工作和世界，才會有更宏觀的見解。

用大格局看待自我

醜小鴨同大夥格格不入。因爲他與眾不同、太龐大、太醜，而受到眾人的粗暴對待。同樣地，許多人因爲性別、種族、宗教、教育背景或氣質未能融入職場的模子，而感覺受到歧視。儘管旁人的批判可能不留情面，但如果你把他人的意見照單全收，這才是眞正的災難。

・不理會負面聲音

醜小鴨發展出卑微的自我形象，並不令人意外。當野鵝受到槍聲驚嚇時，醜小鴨卻以爲是自己的醜陋把他們嚇跑。獵犬沒有將醜小鴨捉走，他告訴自己：「連狗都嫌我醜，而懶得咬我！」許多人就像醜小鴨，內心住著一位嚴苛的評論員，不斷提醒自己有哪些缺點，一再貶低自尊；有些人的情況卻剛好相反，必須不斷對自己洗腦，藉以支撐過度膨脹的自我意識。無論是哪一種情況，這樣的自我對話往往使人逐漸脫離本性。我們需要拋開這些錯誤的聲音，才聽得見自己眞正的聲音。

・勇於表達自己

醜小鴨逃離在鴨圈和濕地受到的暴力對待，在老婦人、貓和母雞同住的農舍找到安全感。不同於鴨媽媽總是一味順從，貓和母雞想掌握控制權，他們的開場白是：「我們撐起半邊天！」因爲他們以爲自己就是半個世界，而且是「那最好的半個世界」。他們就像把自己視爲企業智囊的經理人（而且是最好的智囊）；也像是頑強不馴的員工，自以為比主管還要優秀，對所有改變抵死不從。

被排擠到角落的小鴨開始渴望水，想把水濺到頭上，一路潛進水底。母雞認為他閒閒沒事，才會胡說八道，叫他找事情做。幸好，小鴨沒有理會母雞的勸告，一心追求他的渴望。

人在一生中，多半會遇到一位專斷霸道的母雞。我們很容易在父母、岳父母、配偶、朋友、同事或主管身上看到這種特質，卻往往聽不見對方在我們的腦袋裡咯咯叫。她象徵一種負責任、接近現實的聲音：「現在別顧著想自己要什麼，那會毀了你的前途。」「不行，你沒時間。」「不行，別人還得指望你呢。」

雖然她正經八百的態度，有助我們處理現實事務，卻不該讓她主導我們的生活，否則我們將忙到無暇思考、心胸狹隘到無法學習；而我們老之未將至，就已經垂垂老矣。

愛蓮諾・羅斯福（Eleanor Roosevelt）在一九三三至一九四五年間擔任美國的第一夫人，她說她的童年就像醜小鴨，十歲成為孤兒，由親戚帶大。她長期活在自卑感與恐懼中。那一代的女性，被灌輸「相夫教子」的觀念，而她也視之為宿命。此外，她得面對專斷跋扈的「母雞」婆婆。年輕的愛蓮諾在多年以後，才敢在自己家裡說出內心話。日後，經歷兩個重大事件——丈夫外遇、且罹患天花——之後，她找到自己的一片天。當她成為第一夫人時，正逢大蕭條和二次世界大戰，她已經準備走進寬闊的世界。她到全國各地走透透，傾聽一群被邊緣化、沒有聲音的人。靠著用眼睛看、用耳朵聽，她開始擁護那些不容許為自己發聲的人，特別是女性和非裔美人。她逐漸找回自己天鵝般的本性，成為當時最受敬重的美國人之一。

秋季時分，當小鴨看到出色的天鵝紛紛飛起準備遷徙，也瞥見自己未來可能的樣貌。那些鳥令人心慌意亂，卻也讓人嘆為觀止；正是這番景象支撐他度過嚴冬。

到了春天，完全長大的小鴨，以強大的力量揮動翅膀，飛到一座美麗的花園。一群天鵝蓬起羽毛急急朝他走來，命運之神降臨。受到驚嚇的小鴨低頭看向清澈水面，終於看見自己的眞面目：他本身就是天鵝。這是轉變的時刻；謬誤的身分消失，眞實身分誕生。

讓自己靠近某個人最出色的那個部分，可能會令我們望而生畏。儘管我們可以放心大膽地從遠處觀看不尋常的事物，但是當它衝著我們來，說道：「加入我們吧！」我們會擔心自己不夠格，自取其辱。我們寧可不冒險，於是乾脆退縮。但是，只有當我們敢和自己認爲「偉大」的人在一起，才得以見到自己的眞我。

醜小鴨的自我認同，隨著故事的情節而有所轉變；同樣地，我們每個人也會經歷探索內在的旅程。你是否有時看著四周，心想：「我不屬於這裡。」你是否在面對固執己見的母雞時，依舊不爲所動？你會被什麼樣的人吸引，想跟誰在一起，希望從誰身上學習？

● 用大格局看待工作

「可是，浮在水面真的很棒，」小鴨說。「讓水淹過頭，潛到水底，真的很快樂！」

一個人的身分和自尊，往往是由他從事的職業而塑造。但是也有例外。在安徒生的時代，一個人的出身往往決定了他住哪裡、做哪類工作、和誰結婚。去年夏天，我跟外子在西班牙某個中世紀建造的山莊避暑時，就遇到還保有這種心態的人。當時我被問的第一個問題是：「你是什麼身分？」我的身分是奧古斯汀的兒子的妻子，而奧古斯汀則是以前老師的兒子。我回美國後去參加一個靜修營，然而即使在這令人沈思冥想的環境中，第一個被問到的問題竟然是：「你從事什麼職業？」（「職業」常常被現代人用來快速替他人貼標籤）這種環境會出現這樣的問題，令人驚訝不已，讓我想起在實力掛帥的社會，職業成爲個人身分的重要部分。套用笛卡兒的話，我們可以說：「我工作，故我在。」

當工作得心應手，我們喜愛自己的工作，也懂得欣賞工作伙伴。換句話說，我們心滿意足。但天下不如意事十常八九；改變可能來自外部事件，例如新老闆、新策略，或者大規模重組。有時候，改變可能來自內部；也許我們被要求去做的事，愈來愈違反自己的信念；也許我們的心已不在工作上；也許我們聽到自己牢騷多過讚美；也許到頭來我們感覺被搾乾、挫敗、易怒、不安、心不在焉，或者對這樣的生活感到不踏實，就像被關在屋裡的小鴨。然而，我們往往忽視徵候，心想只要再多捱些時候，或者努力一點，一切將回歸正常。

有時候，我們擔心「走出去，進入寬闊世界」意謂必須辭去工作，做些驚天動地的事。事實上，到外面的世界探險不是為了改變工作，而是改變自己。曾經和神話學者坎貝爾（Joseph Campbell）合作的楊格（Jonathan Young）認為，許多人會以離開工作崗位的方式尋求出路。最近，他在一封電子郵件中提到：「有時候，決定留在工作崗位上，設法為它注入新生命，和下定決心離開原來的工作一樣有氣魄，而且充滿驚人的創意。」

西雅圖派克魚市場的魚販，是楊格信中的絕佳例子。對多數人來說，「魚販」絕非十大熱門行業。這種工作粗重、腥臭、黏答答又滑溜溜。即使如此，派克市場的魚販卻認眞看待自己的工作，一如紀錄片〈魚〉（*Fish*）所捕捉到的。

一開始，魚市場有位老闆發現員工對工作有了興趣，於是問道：「怎麼做才能營造更好的工作場所？」有個年輕魚販說：「既然這輩子都得在這裡度過，何不讓它成爲世界知名的魚市場？」一開始，其他人都不把他的建議當回事，但是大夥開始討論，如果他們是世界知名的魚販，會如何彼此對待；如果他們舉世聞名時又該怎麼行事。最後，他們果眞成了世界知名的魚販。

如今，這群魚販讓消費者體驗到不同凡響的服務和豐富樂趣，使派克魚市場成爲西雅圖數一數二的觀光景點。即使從商業角度來說，這樣的改變也是成果斐然：以前一整個星期的收入，如今在禮拜一中午就達到目標；而且既沒有擴大空間，也沒有增加人手。這群魚販告訴我們，只要改變自己，就可以爲工作注入新生命。

當我敬佩像魚販這樣的人，我自己的工作模式卻顯示，我往往會便宜行事，一走了之。我是閒不得的人，又容易被心裡的疙瘩所困擾，因此總是隨時準備出走，進入寬廣的世界。不過我跟小鴨不同，因爲我不知該往何處去。我的第一份工作是擔任物理治療師，記得當時我感到缺乏歸屬感，於是跟一位同事提到，我想做點有意義的事。她說：「梅特，妳能使跛腳的人走路！妳還希望工作有意義到什麼程度？」她說得沒錯。物理治療確實是份好工作，但無論如何不是我的工作。經過一番波折，我終於領悟，幫助他人發掘本我、進而有良好的表現，協助他人在工作中充滿生氣，才是屬於「我的」工作。

因爲讀過太多自我成長的書籍，所以我花了一段時間，才挑出柯維（Stephen R. Covey）的著作《與成功有約》（*The Seven Habits of Highly Effective People*）。當我終於展卷，在書中發現了一個個人發展的框架，不但富啓發性、具體實在，而且相當實用。我興奮不已，於是加入「柯維領導力中心」，和數百隻同我一樣，對領導有熱忱的天鵝一同游水。當我們起飛時，振翅的力量和聲音蔚爲奇觀！但一如往常，情況到頭來有所改變。在這個案例中，企業面臨市場狀況和顧客期望的改變，於是以合併、新的領導階層、新策略和新內容作爲因應。經過一段時間後，公司和我利益分歧，於是我被迫離開那景致優美的花園，建造我自己的庭園。但是，我珍惜和天鵝一塊游水的時光。

無論是重新創造目前的工作場所或選擇離開，想要讓自己更表裡如一絕非易事。當坎貝爾說：「跟隨天賜宏福。」他的意思並不是「好好享樂」，他說的是：「留意那細微、平靜的聲音，換言之，留意那似乎知道你名字的獨特召喚。」這麼做必定要冒險，因爲那輕聲細語並不會直接帶領我們走上某一條職業道路；相反地，它會要求我們走自己的路。

當你對工作狀況有所不滿，是否經常逆來順受、抱怨連連，並希望一切將回歸「正常」？你會變得對原有的事物「擁有驚人的創意」嗎？你有可能乾脆出走，進入寬廣的世界嗎？

用大格局看世界

忽然間，他舉起雙翼，它們拍打的力道比從前更大，一口氣將他帶到半空中，飛得遠遠地。

現代化生活使我們對日常事務產生一種工程學的心態：如果生活像條急流，我們不會享受水聲，也不會爲它的力量和湍急而豁然開朗，而是將它視爲被浪費的資源。於是，我們建造水壩來馴服水勢，再建一座水力發電廠，來利用它的力量。雖然這種生存方式，給人許多有形的好處，但也讓人們付出無形代價；當我們把大自然、別人甚至自己，視爲一種生產的手段，我們便日漸與生命疏離、脫節。

對比之下，放大眼界意味每個生命都有自身的目的。就像紀錄片〈魚〉中的經理，開始注意到工人也有自己的渴求。一旦用公共的利益而非私利看待人生，人與人之間會變得更緊密、更休戚相關，也更用心。置身自己喜歡的環境時會產生深度的連結；不僅和生命中令人振奮的一面連結，也和可怕的一面連結。對醜小鴨來說，水就是他喜歡的環境。他在玩水、潛水時生龍活虎；但是當水被血染紅，以及當他後來陷入冰裡，卻使他嚇壞了。人類的自然元素或許是詩歌、物理學、爲人父母或除暴安良——不管是什麼工作——藉此與世界連結。

當我們潛入自己的元素——也就是我們的「生命之水」——將學到五個重要啓示：

一、我們是能幹的：母鴨最初看到那怪模怪樣的生物時，擔心他可能是隻小火雞。爲了測試，於是母鴨帶著一群小鴨下水，幸好醜小鴨立刻跳入水中，而且優雅地浮在水面上。

「不對，他不是火雞！」鴨媽媽說：「看他腳用得多好，頭挺得多直。是我的親骨肉沒錯！」

當人置身於喜歡的環境時，顯得自信強健。爲了使工作對我們有意義，這份工作不一定要充滿公理正義，也不一定要是人人稱羨的「好」工作，但我們確實需要做「屬於自己的」工作，需要做自己眞正關心的事，在如此用心的情況下，我們往往表現得出人意表，甚至不同流俗。

二、我們坦露自己：小鴨越過籬笆，躲在濕地靜靜躺著。兩隻友善的鵝靠過來，但不一會兒便被獵人射殺，水被血染紅。更恐怖的是，有隻可怕的獵犬突然在草叢間現身，差點把小鴨給嚇死。野外生活可眞是危機四伏。

當我們特別在意某件事，就特別容易受傷。喜愛語言的人，或許會被他人自以爲機智的老生常談刺傷；在乎公平的人，會被別人幾乎沒注意到的不公不義所傷害。當我們掏心挖肺，就喪失免疫力。

三、我們充滿活力：當小鴨跑過原野，在貓和母雞身上找到安全感，他們希望小鴨順從他們優越的判斷力，但小鴨展現驚人的骨氣，他不被寄人籬下的內疚感操縱，不因他們的頤指氣使而膽怯，也不被母雞的論點說服。小鴨知道，「心」自有它的道理。

大部分的人在不想被視爲「難搞」或不理性的情況下，往往臣服於主流文化。可是，當我們把自身的熱忱擺一邊，就會變得索然無味。幾年前，我有一陣子曾經畏畏縮縮，後來聽見當代詩人大衛・懷特（David Whyte）說：「你只要清楚說出，你是如何不屬於這裡，那麼你就觸碰到問題核心。」水門突然打開，我把壓抑了好幾個月的沮喪情緒，一股腦灌進電腦。當我後來再次閱讀自己的筆記時，發現每一則評語暗示著某個特定需求、慾望，或是未來的夢想。往後的日子，當我選擇追求自己的渴望，又必須應付內心的那隻母雞時，類似反省很有幫助。

四、我們被困住：小鴨在野外時，面臨嚴冬襲擊。霜雪下個不停，這個小傢伙必須不斷滑動雙腿，以免他游水的洞結冰。「最後，他精疲力竭，於是僵硬地躺著，沒多久就被凍在薄冰裡。」好在有位農夫看見，救了他的小命。

當我們置身喜歡的環境，往往會攬下超過自己有辦法處理的事；總是躍躍欲試，過度關心，結果卻被自己的成就所困。在沒有閒功夫讓自己變成「麻煩人物」的情況下，我們往往在全力追求工作上的成長之際，過度壓抑情感，而後便需要他人的協助以脫離困境。閱讀溫暖人心的讀物或是和朋友長談，或許有助於改善這種模式。

五、我們歸屬：秋季時分，小鴨看見天鵝而深受鼓舞，同時也惴惴不安。到了春天，他不由自主地接近這群天鵝，但是當天鵝們迎向他時，他卻嚇壞了。最後，在眞相來臨的時刻，他看見自己的倒影，察覺自己的本我，也認識自己的歸屬。

當我們從事喜愛的工作時會產生歸屬感；當我們與熱愛相同事物的人，或者會鼓勵我們追逐熱情的人相處，會有歸屬感。當我們把全部心力用來完成一項心中認定的「神聖偉大」的目標時，便能感受到劇作家喬治・柏納・蕭（George Bernard Shaw）形容的「生命中的眞實喜悅」，自然產生歸屬感。但是，歸屬感往往使我們心生畏懼，因爲當我們把自己，奉獻給比狹隘的自利還要巨大的事物時，我們變得不堪一擊；因爲我們拋開了「掌控」的錯覺。人人都不敢說這趟旅程一定能平安度過。

儘管「追尋」聽起來很刺激，但多數人寧願它像一趟商務旅行。我們想要詳細的行程以便預先準備，想要緊湊的時間表以免虛度光陰，而且最好不要發生出奇不意的事。但是，假如有人果眞給我們這樣的時間表，這下倒是要注意了——我們不是走自己的路，而是他們的路。

你我都該承認，生命是充滿風險的，當我們跳過籬笆，跑過原野，展開雙翼時，沒人保證必定成功，但可以確定的是，我們將有所成長，生命將更豐富、有深度且更充實。

想一想……

● 哪些聲音應該不予理會？是鴨圈裡批判的聲音，還是母雞那言之鑿鑿的嘮叨？

● 你會被怎樣的個人或團體吸引？你想從誰身上學習？

跟同事聊一聊……

● 你是否有過和天鵝同游的經驗？你表現如何？感覺怎麼樣？

● 我們能如何幫助彼此，漸漸養成天鵝般的氣質？

糞甲蟲

當我們一味追求身分地位時，往往自吹自擂。

1055

台北市南京東路四段25號11樓

大塊文化出版股份有限公司 收

廣　告　回　信
台灣北區郵政管理局登記證
北台字第10227號

地址：

市　鄉／鎮　路　段　巷　弄　號　樓

縣　市／區　街

（請寫郵遞區號）

大塊文化 LOCUS

讀者服務卡

謝謝您購買本書！

如果您願意收到大塊最新書訊及特惠電子報：

- 請直接上大塊網站 **locus**publishing.com 加入會員，免去郵寄的麻煩！
- 如果您不方便上網，請填寫下表，亦可不定期收到大塊書訊及特價優惠！
  請郵寄或傳真 +886-2-2545-3927。
- 如果您已是大塊會員，除了變更會員資料外，即不需回函。
- 讀者服務專線：0800-322220；email: locus@locuspublishing.com

姓名：________________ 性別：□男 □女

出生日期：____年____月____日 聯絡電話：____________

E-mail：________________________

您所購買的書名：________________________

從何處得知本書：1.□書店 2.□網路 3.□大塊電子報 4.□報紙 5.□雜誌
6.□電視 7.□他人推薦 8.□廣播 9.□其他

您對本書的評價：
(請填代號 1.非常滿意 2.滿意 3.普通 4.不滿意 5.非常不滿意)
書名____ 內容____ 封面設計____ 版面編排____ 紙張質感____

對我們的建議：________________________

____

____

____

〈糞甲蟲〉是一場步調快速又相當有趣的冒險。我們的壞脾氣甲蟲出外探險，他面臨多次試煉，卻又把所有偏見原封不動帶回家。這個小傢伙之所以有這本領，是因為犯了一個凡是自尊心強烈的自戀狂都會犯的毛病：當他得到的資訊，挑戰到他過度膨脹的自我形象時，他乾脆重新詮釋事實。糞甲蟲的格言是：「不必了解你自己，只要學會如何硬拗。」

這場鬧劇的開端，是國王的馬穿上金鞋，而甲蟲卻遭到拒絕，於是激怒了有「地位意識」的甲蟲。在他的心目中，穿金鞋的馬就跟他所承受的不公不義一樣難以忍受。由於拒絕面對現實，這隻小傢伙花了整個故事篇幅，用盡所有力氣，只為了保全自己的錯覺。

當你閱讀以下的故事時，想想這個問題：故事中哪些角色特別吸引你？哪一部分讓你感到厭惡？你是否曾經寧願相信錯覺，也不願認清事實？

安徒生說故事

難道我還比不上那傻大個兒，那需要人伺候、梳毛、照顧、餵食、餵水的傻大個兒？我不也是國王馬廄的一份子嗎？

「簡直是侮辱嘛，老子現在就出走，到外面的世界去。」

「我來自國王的馬廄，是穿著金鞋子出生的，我爲了神祕的使命到處旅行，但你們千萬別追問，因爲我啥也不能說。」

「我終於認清這世界，」糞甲蟲說：「這是個低三下四的世界！要是當初我得到金鞋，一定會爲馬廄爭光，現在馬廄沒有我，世界沒有我，一切都完了！

國王的馬被賞賜金鞋子，每隻腳各一隻。

他憑什麼得到新鞋？因爲他是最美的動物，有修長的腿，宛如絲綢面紗般的鬃毛從頸子垂下。他載著主人穿過槍林彈雨，聽見子彈咻咻地飛過。他被咬過，也被踢過，而當敵軍逼近時，更毅然投身戰場。還有，他曾經和國王一起大步跨過被擊倒的敵軍馬匹，救回國王的玫瑰金冠，拯救國王的性命——後者可是比玫瑰金寶貴許多。正因爲如此，國王的戰馬獲得金鞋，而且是每隻腳各一隻。

糞甲蟲爬了出來。「大腳穿完小腳穿，」他說。「不過，腳的大小不是問題。」

接著，伸出他那瘦巴巴的腳。

「你要什麼？」馬蹄匠問。

「金鞋啊！」糞甲蟲回答。

「你瘋了不成？」馬蹄匠說。「你也要金鞋？」

「金鞋！」糞甲蟲說。「難道我還比不上那傻大個兒，那需要人伺候、梳毛、照顧、餵食、餵水的傻大個兒？我不也是國王馬廄的一份子嗎？」

「話說回來，馬又爲什麼得到金鞋？」馬蹄匠問：「你不明白嗎？」

「明白？我明白那是因爲他們瞧不起我，」糞甲蟲說：「簡直是侮辱嘛，老子現在就出走，到外面的世界去。」

「滾開！」馬蹄匠說。

「欺負弱小！」糞甲蟲憤憤怨道。他走到外面，飛了一小段距離，降落在一座美麗的小花園，花園裡瀰漫著玫瑰和薰衣草的香味。

「您瞧瞧這兒，不是挺可愛的嗎？」一隻小瓢蟲說道。他飛來飛去，盾牌似的紅翅膀上有著黑點點。「聞起來多麼香，這裡多美啊！」「我喜歡更棒的哩！」糞甲蟲說。「您管這叫美？這裡連一堆糞都沒有！」

於是，甲蟲繼續走，走到一顆大包心菜的葉子遮蔭處，有隻毛蟲爬在葉子上。「世界多美妙啊，」毛蟲說：「太陽多溫暖，事事令人開心。當我有一天像他們說的，在睡夢中死去時，我將化爲蝴蝶，再度甦醒。」

「你以爲你是誰啊，」糞甲蟲說：「像蝴蝶一樣飛來飛去！我從國王的馬廏來的，那裡可沒人這麼想，連國王的戰馬穿了我脫下的金鞋，也不做如是想。生出翅膀吧！飛吧！是哦，讓我們飛吧！」於是糞甲蟲飛了起來。「我沒被惹毛，不過，我還是挺不爽的。」

後來，甲蟲掉在一堆青草上，他躺了一會，不知不覺便睡著了。

突然間，下起傾盆大雨！雨水四處噴濺，糞甲蟲醒了，很想鑽個洞躲到地底，卻辦不到。甲蟲滾來滾去，想游泳，卻被翻個四腳朝天，更不用說是飛起來了。這下甲蟲大概沒指望活著離開，於是他躺在原地，一動也不動。

當雨水漸歇，糞甲蟲眨巴眼把雨水擠掉，這時他瞥見一個白白的東西，那是一片攤開等著漂白的亞麻布，甲蟲爬呀爬，搖搖擺擺爬到濕亞麻布的縐折裡，那裡肯定比不上躺在馬廄的糞堆，但是找不到更好的了。於是，甲蟲在那待了一天一夜。雨還是下個不停。到了破曉時分，受夠了這種天氣的糞甲蟲爬出來了。

兩隻青蛙端坐在亞麻布上，眼裡閃耀著喜悅的光芒。「天氣多美好啊！」一隻青蛙說道。「多麼清新怡人。亞麻布積了好多水，眞棒。我的後腿在癢了，等不及要游泳！」

「我想知道的是，」另一隻青蛙說。「如果燕子飛得那麼遠、那麼廣，在他多次出國的旅程中，是否發現比這裡更好的氣候。多棒的驟雨，多棒的濕度啊！好像躺在水溝裡一樣。如果這樣還不滿意，這傢伙肯定是不愛鄉土！」

「你們有沒有去過國王的馬廄？」糞甲蟲問。「那裡又溫暖，又芬芳。那才是我習慣的地方，那是我愛的氣候，不過你們不能帶著它到處旅行。花園裡難道沒有糞肥發酵的溫床嗎？像我這種『上流人士』就會去那裡瞧瞧，那裡多麼舒適自在啊。」

但是，青蛙不了解甲蟲，或者說是不想了解。

「我絕不問第二次！」糞甲蟲說。其實他已經問了三次，青蛙卻毫不理會。

於是，糞甲蟲又走啊走，來到一座花盆前，甲蟲不該到花盆上的，但那兒的確可以得到遮蔽。幾個蠼螋家族住在那兒，他們不怎麼需要空間，只需要伴，母蠼螋充滿母愛，所以在蠼螋媽媽眼中，自己的孩子最美也最聰明。

「我們的兒子訂婚了，」一個蠼螋媽媽說。「我天眞的小甜甜！他最大的野心，就是有天爬到牧師的耳朵裡。他是個人見人愛的小孩。訂婚後他不再撒野，對於做娘的我，眞是一大安慰啊！」

「我們的兒子，」另一位蠼螋媽媽接著說道。「一出蟲卵就開始調皮。他渾身有用不完的精力，正是喜歡四處遊蕩的年紀。我這個母親看著可眞是欣慰。不是嗎，糞甲蟲先生？」她們從身形認出他來。

「兩位說的是！」糞甲蟲說。他被邀請到起居室，也就是花盆底下的另一頭。

「你一定要看我的小蠼螋！」第三和第四個蠼螋媽媽說；「他們是最寶貝的孩子，好好玩啊！他們從不調皮，除非肚子痛。不過，在他們那種年紀，動不動就肚子痛！」

於是，每位媽媽七嘴八舌地談著自己的孩子。小蠼螋們也在交頭接耳，他們用尾巴上的小鑷子拉拉糞甲蟲的鬚。

「他們總是有鬼點子，這群小搗蛋！」母愛洋溢的媽媽們說。不過，糞甲蟲對這一切感到無趣，於是他問，從這兒到最近的糞肥溫床有多遠。

「可遠著呢，在水溝另一頭，」蠼螋說。「我希望我的孩子都不必走那麼遠，不然我可心疼死了呢！」

「唔，我就是要走那麼遠。」糞甲蟲連句「再見」都沒說就走了，因爲他開口肯定沒好話，不是嗎？

他在水溝遇到幾隻同類，全都是糞甲蟲。

「我們就住這裡，」他們說。「蠻舒適的，您是否肯賞個光，鑽進那肥沃的泥地？這一路走來，一定把您給累壞了。」

「說的是。」糞甲蟲說：「我在雨中躺在亞麻布上，『乾淨』可眞夠折騰我的。我還因爲待在通風的花盆底下，害得翅膀關節得風濕病。跟同類在一起，再爽快不過了。」

「你從溫床來的嗎？」最老的那隻問。

「比那裡更高級，」糞甲蟲說：「我來自國王的馬廄，是穿著金鞋子出生的，我爲了神祕的使命到處旅行，但你們千萬別追問，因爲我啥也不能說。」

然後，糞甲蟲爬到肥沃的泥地上，三隻年輕的母糞甲蟲因爲不知該說什麼，只好坐著咯咯笑。

「她們還沒訂婚，」她們的母親說道。接著年輕母糞甲蟲又開始咯咯笑，這回是因爲害羞。

「我在國王的馬廄裡，從沒見過比她們更標緻的姑娘！」這隻雲遊四海的糞甲蟲說。

「別糟蹋我的女孩！還有，別跟她們說話，除非你有正當意圖。如果眞是如此，我會祝福你。」

「好耶！」大夥齊聲歡呼，於是糞甲蟲和其中一位母糞甲蟲訂婚。先訂婚、再結婚，畢竟沒啥好等的。

第二天一切安好，第三天就有點漫長。到了第四天，糞甲蟲得想辦法替妻子弄吃的來，甚至還得替小孩子張羅。

「我已經得到許多驚喜，」他心想：「所以，我要給他們驚喜！」

他說到做到。他走了，走了一整個白天，一整個黑夜，妻子成了活寡婦。其他糞甲蟲議論紛紛說，不該讓這糟糕的遊民來到他們的家園，這下他的太太成了大家的負擔。「現在她又可以當個黃花大閨女，做我的寶貝女兒。」糞甲蟲母親說。「那個拋棄她的可怕流氓，真可恥！」

此時，甲蟲仍然不停地走，乘著包心菜葉游過水溝。快到中午時，有兩個人正好路過，他們發現了糞甲蟲，便把他拎了起來，又翻來轉去。他們都是有識之士，特別是年輕的那位。「真主阿拉在黑山的黑石頭裡見到黑甲蟲，可蘭經不是這麼說的嗎？」他問。接著，他把糞甲蟲的名字翻譯成拉丁文，又說明這種生物所屬的系統與習性。年紀較大的學者不贊成把他帶回家，說他們已經有很不錯的標本了。真沒禮貌，糞甲蟲想，於是他倏地飛出那學者的手。他飛了好一段路，翅膀已經沒力，然後來到一間溫室。有扇窗敞開著，於是甲蟲毫不費力地溜了進去，鑽進新鮮的糞堆。

「好好吃！」他讚嘆道。

不一會兒，他睡著了，夢到國王的馬被打敗，於是「糞甲蟲先生」得到戰馬的金鞋，並即將再獲得兩隻。多快樂啊！然後糞甲蟲醒了過來，他爬到外頭，抬頭仰望。溫室多壯觀！大棵的棕櫚樹向上舒展，在陽光照射下顯得清澈明晰，地上長滿漂亮的綠葉，花朵紅如火，黃如琥珀，白如新雪。

「植物的豐饒眞不可思議！等他們全都開始腐敗，味道肯定很讚，」糞甲蟲咂嘴舔舌：「這根本是個大食物櫃。希望這裡找得到同類，看能不能跟其中幾個作朋友。我有我的尊嚴，那就是我的尊嚴！」於是，甲蟲在溫室裡到處走，回味著那個馬兒戰死、讓他得到金鞋的夢。

說時遲、那時快，有隻手揪住糞甲蟲，將他又擠、又扭、又翻。

原來，園丁的小兒子跟玩伴正在溫室裡玩耍。他們看見糞甲蟲，拿他尋開心。糞甲蟲被擺在葡萄葉上，放進溫暖的褲袋，在裡頭扭動著。不一會兒，男孩把他捏了起來，然後快步走到花園盡頭的大湖邊，糞甲蟲被放進一隻鞋面脫落的破木鞋。男孩用一根棍子綁住鞋子充當船桅，再用毛線把糞甲蟲捆在上面。現在他是船長，即將出航。

湖面相當寬廣，糞甲蟲以爲自己漂流在大海上，他嚇得跌了個四腳朝天，腿還不住地踢。

木鞋隨波逐流，當船漂得太遠，男孩便捲起褲管涉水把船拉回來，但不一會船又漂走。這會兒有大人在呼喚男孩們，而且喊得很急切，於是他們趕緊應聲離開，隨木鞋子去。木鞋離岸邊愈來愈遠，糞甲蟲嚇壞了，被捆在船桅的他卻飛不動。

這時，有隻蒼蠅來串門子。

「天氣可眞好，」蒼蠅說。「讓我在這裡歇會兒，曬曬太陽。你這地方挺舒服的嘛。」

「你有夠白目。難道你沒看見，我被綁住了嗎？」

「是啊，但我沒被綁住啊！」蒼蠅說著便飛走了。

「我終於認清這世界，」糞甲蟲說：「這是個低三下四的世界！我是裡頭唯一可敬的生物！首先，他們拒絕給我金鞋，然後我躺在濕答答的亞麻布上，被迫站在風口，最後又硬塞個老婆給我。後來，當我踏出輕快的步伐來到廣闊的世界見識人生，看我該過怎樣的生活，又來了個小人兒，讓我流落在洶湧的大海上。就在同一時間，國王的馬卻穿著金鞋趴趴走！這點我最不爽。可是，別巴望有人會同情你。我的人生一直是很有意思的，不過話說回來，如果沒人知道，再有趣有啥用？我又得說了，世人沒資格知道，否則過去我在國王的馬廄時，他們就會把金鞋給我，而不是戰馬穿金鞋，我卻光著腳鴨子。要是當初我得到金鞋，一定會爲馬廄爭光，現在馬廄沒有我，世界沒有我，一切都完了！」

不過，事情還沒完。有艘船載著幾個年輕女孩駛了過來。

「啊，有隻木鞋在漂耶。」其中一個女孩說。

「上頭還綁個小東西。」另一個女孩說。

她們的船隻來到木鞋旁，女孩將木鞋拿起，一個女孩取出一把小剪刀剪斷毛線，糞甲蟲毫髮無傷。船靠岸後，女孩把甲蟲放在草地上。

「爬啊，爬啊！飛吧，盡力飛吧！」她說。「自由是美妙的。」

於是，糞甲蟲直接飛進一扇敞開的窗，精疲力竭地落在國王的戰馬那絲緞般的長鬃上，馬就站在他和糞甲蟲所屬的馬廏裡。糞甲蟲扒住鬃毛，在那兒坐了一會兒，一面定定神。「我來了，坐在國王的戰馬上！像個騎士般！我在說什麼呀？嗯，如今一切再明白不過！眞是卓越的見解，而且事實就是如此。馬爲什麼就有金鞋？馬蹄匠也這麼問過我。現在我懂了！是爲了我好，才把金鞋給了馬！」

於是，糞甲蟲精神抖擻。

「旅行果眞使頭腦清醒！」他說。

太陽照在糞甲蟲身上，使他神采煥發。「這世界畢竟不壞嘛，」糞甲蟲說：「只要曉得如何承受。」的確，世界是美妙的，國王的戰馬得到金鞋，是因爲糞甲蟲騎在他身上。

「現在我要去找其他甲蟲，跟他們說說我的經歷。我會講我到海外旅行時遇到的新鮮事。我還會說，直到馬把金鞋穿壞前，我會一直乖乖待在家！」

你知道嗎？

〈糞甲蟲〉是個追求身分，愛自吹自擂的小子。儘管他出身卑微，卻相當自負。安徒生自己和甲蟲蠻相像的，只不過他那傻氣的夢想最後實現了。

安徒生的一生，恰是十九世紀美國作家何瑞修‧阿爾傑（Horatio Alger）故事的精華版。儘管類似的成功故事，在「新世界」中並不多見，在舊世界更是幾乎不曾聽說。安徒生出身於充滿階級迷思的社會，偏見和歧視根深蒂固，安徒生卻憑藉天賦才能和不屈不撓的精神，闖出了一片天。他追求藝術成就不遺餘力。他不但幽默風趣、長袖善舞，自我推銷時也毫不羞怯。

安徒生善於行銷。他在頭一次出國時寫下旅行日記，一回到哥本哈根便立即將遊記付梓。安徒生在日記中，把德國的重要城市、粗獷壯麗的哈爾茲山脈，和德國的傑出人物介紹給讀者。安徒生曾在德勒斯登加入魯德威‧提克（Ludwig Tieck）的沙龍；提克在當年的德國，是僅次於哥德的大文豪。安徒生在遊記中提到，「提克問我是不是《徒步之旅》（*The Journey by Foot*）的作者，當我給了他肯定的答案，他表現得相當友善……」安徒生描述這一幕，意謂他自己在德國已經打響知名度，連當地的知名作家都讀過他的作品。不過，安徒生略過不提的是，他早在一年前，就寄了一本著作給提克，附上一封又臭又長的自薦信。這招挺有效的。後來安徒生在拜訪知名藝術家時，又多次重施故計。

安徒生出國近三十回，他的遊記愈來愈受歡迎，且被視爲他個人最好的作品之一。

故事的應用

　　糞甲蟲是個自我中心、自吹自擂、身分導向的傢伙，寧願虛張聲勢而不願面對事實。但是，妄自尊大無法使我們獲得金鞋；虛幻的假象，也無法幫助我們建立眞實的職場生涯。想贏得他人敬重，要先有自知之明；覺察自己的動力和目標，以及引動情緒的因素。並不是說，我們要壓抑自身所有類似甲蟲的性格傾向，畢竟甲蟲充沛的精力和想像力也有派上用場的時候。我們的目標，是面對自我以及當下的現實，唯有如此，方能在個人和專業領域上，培養成功致勝所需的優勢。

● 趾高氣昂的甲蟲

　　難道我還比不上那傻大個兒，那需要人伺候、梳毛、照顧、餵食、餵水的傻大個兒？

糞甲蟲的缺點是妄自尊大，膨脹自己的重要性。用心理學的說法，就是「過度自負」，是個自我中心的傢伙，顧影自憐的小蟲子。

自戀的問題，倒不是給予自己過高評價，而是往往因此貶抑他人。因此，當老王賣瓜的甲蟲吹噓自己從國王的馬廄來，藉此「膨風」時，他並沒有對其他人造成任何傷害；當我們自稱跟名校和財星五百大企業有淵源時也是如此，即使這麼做沒啥意義。問題是，甲蟲不斷貶低他人，一口咬定馬一無是處，因爲他既不會覓食，又不會找水喝；花園的花香，哪能跟糞便的潮濕熱氣相比。糞甲蟲競爭的方式不是讓自己比別人強，而是詆毀別人。他就像多數自戀狂，不把聰明才智用來創造，而用來摧毀。

在職場上，自戀者渴望獲得諂媚更甚於建立關係，希望自己的想法獲得滿堂彩，而不願受到檢視；想證明自己是對的，而不願學習；喜歡居功，失敗便責怪他人。他們總愛說：「上回的專案計畫得到『滿分』，是因爲我拯救了它。」或「我的計畫完全沒錯，是他們沒膽量落實。」他們故做姿態，而不是捲起袖子做事。

有些只顧自己的人則不同於甲蟲，他們的確會做事。雖然這些人同樣妄自尊大，卻以有建設性的方式，發揮自動自發、老王賣瓜和創造的能力。雖然從純粹字義來說，這些人並不真的是「自戀狂」，但人類學家及心理分析家麥考比（Michael Maccoby），率先提出「有生產力的自戀狂」一詞，來描述這種人。

「有生產力的自戀狂」自動自發、自信、創新，會厚著臉皮完成目標。他們的信心具感染力，所以人們會聚在他們四周，實現他們的計畫。當有生產力的自戀狂用在對的地方，結果會是相當輝煌出色的，可惜的是，一旦正面訊息將他們沖昏頭，可能會開始專挑逢迎拍馬的話聽，反而聽不進事實。於是，他們自認「金鞋」受之無愧，而且本來就屬於他們。他們自以爲不適用一般人的規則，就連管理表現欠佳者的規定，都不干他們的事。當有生產力的自戀狂以「宇宙之王」自居時，他們脫離現實，整個組織可能因此承受超出正當限度的風險。於是，即使過去的成就相當出色，一旦失敗卻也可能摔得更重。

爲了評估你是否高估或低估自己的能力，請試著列出自身強項和弱點的清單，然後請幾位好友或同事，也就是了解你、而你也信賴對方意見的人，列出你的強項和弱點。比較這兩份清單，是相當不錯的現實檢驗(reality check)。類似的自我覺察，是做出良好專業決策的核心。

良好的自我覺察力，是能夠坦然談論自己的弱點，甚至對自身的極限幽默以對。有位朋友常常說，他自己虛張聲勢的傾向很「拿破崙」。我過去的一位教授，在拉斯維加斯賭了一個週末後，談到他如何把「國王」驅逐出境。我們也在作家布里恩特（Ashley Brilliant）身上看到類似的幽默感；在她的著作《現在就欣賞我，避開人潮》與《我只想要一張舒服的床、一句窩心話和無窮盡的力量》中，自嘲她自我中心的傾向。

身分導向的甲蟲

「我絕不問第二次！」糞甲蟲說。其實他已經問了三次，青蛙卻毫不理會。

甲蟲身上另一件值得我們注意的事，是他對身分的過度需索。甲蟲迷戀金鞋，覬覦金鞋。哈佛商學院教授勞倫斯（Paul Lawrence）和諾利亞（Nitin Nohria）在《驅動力》（*Driven*）一書中，把這種慾望形容成「身不由己地獲取」。兩位學者的研究顯示，人除了具備這種動力，也會在內在的激勵下進行學習、防衛，或與人結合。這對人類來說可能會是一大挑戰，因爲有時這幾股動力會自相衝突。

甲蟲只關心金鞋和身分，並堅決捍衛他那自以爲是的重要性。在他身上，那種想跟人結合和學習的動力是不健全的。他對建立長遠關係毫無興趣，即使是跟自己的同類。此外，他也不在意學習。如此單一次元的個人，往往執拗於自己的世界觀，蔑視他人的觀點。舉例來說，極度喜好爭強鬥勝的人，經常叫「感情洋溢」的人「醒過來聞聞咖啡香」。他們嘲笑「多元化」和「協同」，堅稱類似觀念在「現實世界」是行不通的。另一方面，主張人們應該結合在一起的人，卻經常視競爭爲未開化、合作則比較進化，他們自認比野心勃勃的同事來得優越，認爲那些人殺人不眨眼、自私，而且目光短淺。他們會說，就算競爭力強的人這季就看得到結果，可

是又如何維持道德和士氣呢？至少好人就算輸，也輸得問心無愧。

當我們刻意貶損其他人所具備的動力，同時也就使我們自己疏離了那些驅動力。如此一來，我們不再有機會接近人類的某些能力，亦即某些潛能。結果，我們讓自己身處險境，因爲在今日瞬息萬變的職場上，光是擁有競爭或合作的優勢再也不夠。我們需要十八般武藝，發揮四種驅動力以取得適應優勢。前文探討自戀狂時提到，我們要坦誠評估自己的強項和弱點，也要了解自己的動力來源。什麼使我們高興？什麼使我們精神百倍？什麼激勵我們盡最大努力？唯有了解這些，才能開創有意義的職場人生。

怒髮衝冠的甲蟲

「簡直是侮辱嘛，老子現在就出走，到外面的世界去。」

「滾開！」馬蹄匠說。

「欺負弱小！」糞甲蟲憤憤怨道。

甲蟲彷彿缺點還不夠多似的，他無法控制自己的情緒。當馬得到令人垂涎的金鞋，糞甲蟲因嫉妒而眼紅、因嫉妒而不安、滿腦子都是嫉妒的念頭。情緒的騷動在小傢伙的自戀心態作祟下更是火上加油，因爲糞甲蟲既看不到自己能力的不足，也看不見馬的優點。對甲蟲而言，他自認受到不公不義的對待，他覺得他的憤怒「具正當性」；這股怒氣席捲整個故事。儘管甲蟲將他的激進、敵對和好辯視爲力量的象徵，但這些只是突顯他的根本弱點。

我們每個人就像甲蟲，遇到不順遂時往往難過沮喪。當我們感覺受到不公平的對待，或處於過度壓力下，會變得脾氣暴躁並捲入衝突；對假想的侮辱感到憤怒，氣得七竅生煙。或者，我們不發洩怒氣，而是「呑下」它，變得不耐煩且易怒，再尋求「制酸劑」幫助消化。

如果想在不斷演進的經濟體成爲有實力的選手，就必須了解自己的情緒。情緒是被什麼引起？以什麼方式持續？對他人造成什麼影響？我們想把情緒管理得更好嗎？幽默感仍然很管用。比如說，有位以前的同事提到自己罕見的激烈暴怒時，說那是他「邪惡的雙胞胎」，就是一種貼切的說法。

雖然經常需要緩和某些情緒，但有些情緒或許應該被鼓勵。舉例來說，許多男性生來就會壓抑自己的溫柔面，許多女性則束縛自己的野心，因而侷限了情緒表達的範圍。若我們能重拾過去被捨棄忽略的情緒，我們的情緒將更平衡、更健全，也帶來更多可能性。

自我覺察的甲蟲

我有我的尊嚴，那就是我的尊嚴！

人類之中的「糞甲蟲」，往往無視自己缺點到了令人髮指的程度；即使旁人只消一分鐘，就列得出一大串。他們成功時無須改變，失敗卻都是別人的錯。不過，現實偶而會抬頭，紮紮實實地給一頓教訓；可能是生一場大病、受一次重傷，或得知別人對自己的觀感竟出乎意料的壞。

旁人巧妙的回應，在偉大的自行車選手阿姆斯壯（Lance Armstrong）早期職業生涯中，給他上了寶貴的一課。在他的著作《非關自行車》中提到，身爲歐洲巡迴賽的年輕騎士，他是個野心勃勃、大嗓門的德州佬，而且引以爲傲！他不必和主要的自行車選手團隊「結合」，於是他們不與他往來、孤立他、要他騎得慢些，或故意騎得很賣力，迫使他苦苦追趕、消耗他的精力。然而，這些都難不倒他。

阿姆斯壯自己也曾侮慢那些受敬重的自行車騎士。有一回，他加速趕上義大利的高手阿金汀（Moreno Argentin），意在挑釁。阿金汀意外落敗，詫異地問道：「碧雪（Bishop），你怎麼會在這裡？」原來是錯把阿姆斯壯當成另一位美國自行車選手。那個義大利佬有眼不識泰山，令阿姆斯壯火大極了。咒罵幾句後，他說：「我叫藍斯．阿姆斯壯，等比賽結束你就知道了。」他就像甲蟲般虛張聲勢，怒髮衝冠，而且非贏不可！只不過，他的能力不及他的大話，結果輸了那場比賽。

幾天後，阿姆斯壯參加一場全天比賽，這種比賽方式，比較適合沒耐性又激進的他。跟甲蟲一樣經不起激的阿姆斯壯，沒有忘記那次的「屈辱」，於是他又去單挑阿金汀。在四位騎士的最後衝刺中，阿姆斯壯領先，阿金汀在後。阿金汀眼見贏不了，又不想輸給這個大嘴美國佬，於是在距終點線幾呎前踩了煞車並鎖住車輪，此舉使他肯定淪爲第四，因爲阿金汀不想跟阿姆斯壯在領獎台上並列。這點令阿姆斯壯難以置信。「他擺明不尊敬我，那種侮辱，是一種奇特的優雅，而且蠻有效的。」這次事件，讓阿姆斯壯收斂不少，他學會和團隊相處而非對抗，這也是運用精力的更聰明方式。

後來，罹患癌症給了阿姆斯壯更嚴厲的教訓，讓他學會力量、謙卑和耐性。但是，當他的稜角逐漸圓融之際，幸運地保留那與生俱來的旺盛鬥志；在更寬廣的能力引領下，他從一個「好騎士」成爲「偉大的騎士」，多次打破自由車競賽紀錄。

我們常常未能用該有的方式運用外界的「回應」。換言之，我們未能利用他人的觀感，而變得更圓融或表現得更堅強，反而經常利用自己對他人的觀感，試圖削弱對方，把他們塞進先入爲主的團體模式。這招對我不管用。如果要我表達對甲蟲的觀感，我會鼓勵他發揮驚人的想像、心無旁騖的專注，和老王賣瓜的天分。只不過，我會希望他別再把那麼多精力浪費在幻影上，應該面對一些基本事實。不過，我不想把甲蟲變成被馴養又有同理心的小傢伙，斜靠在躺椅上吃糖果。不要！我希望他像阿姆斯壯那樣：管理好尚未成熟的精力，加以整合，變得更強壯！人可以擁有自我覺察，而依舊高視闊步。

但是，並非每個人都得將甲蟲般的激進和憤怒能量軟化。有些人反而需要學會發揚它。有些成長於傳統社會、被除去尖牙利爪的人，以及被教養成「好好先生」或「好好小姐」的人，就應該這麼做。

● 受壓抑的甲蟲

如果那不能叫人高興，這傢伙肯定是不愛鄉土！

在我的家鄉，人們不會高視闊步。凡激進、有野心的人，在他人眼裡都變成自私、會用手肘推人，用腳踹人的人。渴求身分是可悲的虛榮，嫉妒代表不成熟，我們重視合作而非競爭；我們不孤軍奮鬥，而是並肩作戰；我們不爭著當老大，而是彼此照顧；我們不簽合同，而是握手。我們彼此信賴，因爲大家照同一套規則玩。對丹麥人來說，這些規則就是所謂Jante Law，指的是桑內莫塞（Aksel Sandemose）小說中的虛構城鎮Jante，這套「法律」列出十項沒有言明的規範，包括：「絕不可自以爲優於別人」和「絕不可自以爲比別人博學」。

雖然桑內莫塞到一九三三年才寫出「Jante Law」，但這些非正式的規矩早就存在，安徒生相當清楚。安徒生爲了逃避與廣大順從者爲伍的壓力，因此他經常旅行，尤其在德國受到的矚目，更令他自得陶醉。不過，哥本哈根的中產階級並不樂見安徒生在異國稱心如意，因此，有些人開始質疑他的愛國心，等於挑明了警告他少往外頭跑。種種攻訐令安徒生很受傷，所以在〈糞甲蟲〉的故事中，他把那些自以爲是的言論，擺進頑固的青蛙口中，以此做爲回應。在故事中，糞甲蟲聽見青蛙讚美那潮濕又悽慘的早晨，並納悶燕子在多次到國外旅行的經驗中，是否找到更棒的氣候。青蛙堅持，如果不懂得欣賞如此美妙的潮濕天氣，這人肯定不愛鄉土。安徒生可眞是罵人不帶髒字！

我和多數丹麥人一樣，學會壓抑野心和積極的傾向，即使我自己鑾欣賞這樣的人。比如說，我曾經和一群相當能幹、而且極度自我中心的同事共事。其中一位特別有意思；他那種虛張聲勢的幽默，閃現幾許自我意識，而他那咄咄逼人的電子郵件則令我發噱。雖然我那「和善」的一面，感覺他的行爲很討人厭，但我內心那受壓抑的甲蟲，卻又欣賞他的粗魯無理。此外，我也是因爲相同理由而對紐約市著迷。自稱是「世界首都」的她，是個自大又雄心勃勃的城市，紐約客甚至對「嘸你要安怎」的態度洋洋得意。但是話說回來，何必設身處地爲別人著想呢？爲何不伸張我內心的那股能量？我的擔心之一是，它可能壓倒我那「和善的」性格。我能不能在保有自尊，又符合自我形象的情況下，發揮積極和野心勃勃的能量？

爲了對野心做試驗，我很幸運得以在美國企業界落腳。突然間，以往不被鼓勵的事如今受到鼓勵，從前的弱點，現在成了美德。同樣地，談到我對憤怒做實驗時，我有幸嫁給西班牙人。在我的家鄉，每個人都知道「沈默以對」代表情緒激昂，但是當我用懲罰性的沈默，對付我那來自地中海的丈夫，他竟完全會錯意，以爲保持沈默代表沒事。這種方式不太對勁？當然，但挺受歡迎的。爲了改善溝通，我試著更用力表達不滿，有一陣子確實達到令人振奮的效果，但畢竟有違我的個性，於是便改採直接卻較平和的方式，來表達不悅。

容我說清楚。我不是贊成被教養當好人的讀者，從現在起變得討人厭，我是說人可以從被邊緣化的能量獲益、整合它，使自己成爲完整的個體。我們可以作個好人，同時追求勝利。

自由工作者的現實

自由是美妙的！

杜撰是人生的事實，而從求職面試到年報，我們提出自己版本的事實。不過，順序是重要的：先面對事實，再做有創意的定位。聰明的杜撰和甲蟲的自我欺騙間，差別在運用事實和拒絕事實。

故事一開始，馬蹄匠問：「馬爲什麼得到金鞋？」甲蟲拒絕面對事實，拒絕注意馬的優點，同時誇大自己的優點。接著，他經歷一連串冒險，了解許多關於自己和世界的事，但他並未改變自我形象來配合現實，反而扭曲現實（製造幻想）來迎合他對自己的看法。

如今，縮編、外包和轉包海外成爲職場的現實，如果還緊抱終生雇用與線性的職業軌道，我們就是傻子。我們必須承認，身爲自由工作者的唯一保障，是在專業上獲得他人的強烈認同，亦即建立獨一無二的品牌。湯姆．彼得斯（Tom Peters）在他的著作《想像，比知識更重要》（*Re-imagine!*）中強調，創造強韌的專業品牌，有三個不可或缺的元素：嫻熟、建立人脈、行銷。

嫻熟是品牌核心。國王的戰馬不只以優異的表現得到金鞋，而是因爲英勇投身沙場。他不光是能幹，而且了不起。同樣地，我們需要嫻熟某件受他人重視，且願意花錢取得的事物，因此，我們要不斷學習，琢磨技藝，不斷充實專業的內涵。

此外，我們要用前所未有的方式維持人際關係。糞甲蟲規定自己只跟甲蟲來往，就像人們經常只跟公司裡的同類打交道。我們確實需要和老闆、同事建立堅固的關係，但那還不夠。我們也需要廣泛的專業和跨學門關係，在全球經濟的環境中，我們甚至需要國際網絡。愈多人認識我們、知道我們能做什麼，我們就擁有愈多選項，也更有適應力。

最後，我們需要定位並推銷自己。品牌不外乎故事，只要述說自己的故事，就能創造屬於自己的傳奇，不過，光憑嘴巴說自己最偉大，無法成為傳奇人物，而是必須「眞正」成為最偉大。當世界重量級拳王阿里（Muhammad Ali）達到生涯巓峰，他也成為具領袖魅力的人物，大人小孩都被他所吸引。歸根究底，他是個自我推銷的天才，這是致勝公式。拳王不僅創造偉大品牌，更成為偶像。阿里雙眼炯炯有神地說：「只要辦得到，就不是吹噓。」

在三個不可或缺的元素中，嫻熟是品牌核心，但是為了嫻熟技藝，我們一定要先熟悉自己。自我嫻熟建立在覺察和選擇上；我們要覺察自己在個人和專業領域的才能與限制，以及我們的動機與情感。一旦提升覺察力，自然更有適應力，資源也更豐富。也唯有如此，才眞正擁有選擇的自由，也才能做出好的決定。

在專業領域成爲「世界冠軍」，需要一位私人管理者，留心是什麼使我們獨特、是怎樣的信念使我們這麼做。換句話說，他能發揮我們的力量、選擇好的部分，是輔導我們產生傑出表現的管理者；他能幫助我們在自我和專業上培養嫻熟度。有了這麼適任的私人管理者在旁，又何需膨風和幻覺。

想一想……

● 你如何讓別人放心大膽地挑戰你的想法和決定？

● 上一次犯錯是什麼時候？你學到什麼？你最後調整了自我形象嗎？

跟同事聊一聊……

● 公司裡如何抑制逢迎拍馬，鼓勵坦誠面對事實？

● 在你的部門，什麼是（獲取、連結、學習或防衛）的主要動力？和其他部門不同嗎？如果不同，對部門互動有何影響？

雜貨店的小矮人

當我們是眞誠的，就明白自己是什麼人。

「小矮人」差不多三呎高，戴著聖誕老公公的帽子，希望永遠不被人看見。雖然你從來沒真正看到他，但是他對丹麥的兒童來說，卻是再真實不過。多數農場都有專屬的小矮人；只要農場主人善待他，這家子就會興旺。每個矮人都期待在平安夜，得到一大碗麥片粥以為回報（溫熱的米布丁，灑上糖和肉桂，再放上一大塊奶油）。不過，這家人絕不可以企圖偷瞄小矮人，否則他會暴跳如雷，然後展開報復。

故事裡的小矮人，對主人忠心耿耿，生性好奇且相當調皮。當我們看到這個向來務實的小子理解了理想世界是什麼樣子，我們也得以檢視自己對「財產」和「詩歌」又有什麼需求，亦即對物質糧食和精神糧食的需要。

當你閱讀以下的故事時，想想這個問題：你對雜貨店講求實際的生活形態，欣賞的是什麼？對閣樓裡安靜且適合省思的空間，喜歡的是什麼？你期待兩者兼得嗎？

安徒生說故事

只要閣樓的燈光一亮，小矮人就不由自主被光線牽引上去，彷彿那是根強有力的錨索似的，使他不得不靠過去，從鑰匙孔窺探。

小矮人痛哭失聲，不太明白自己爲何而哭，因爲那是喜悅的淚水！

他悄悄溜回安適的角落，那裡多麼舒適與便利。每當擺了一塊奶油的耶誕燕麥粥被送來，沒錯，小矮人便認爲雜貨店才是對他最重要的。

從前，有個名副其實的窮學生住在閣樓，又有個名副其實的雜貨商住在一樓，整間房子都是他的。小矮人選擇同雜貨商在一起，所以每年到了耶誕夜，他便得到一大碗燕麥粥，上頭還擺著一大塊奶油！既然雜貨商供養得起，於是小矮人就待在店裡，這樣對他最有好處。

一天晚上，窮學生從後門進到店裡，想買蠟燭和起司。沒人可供他差遣，所以他只好親自跑一趟。他買到想要的東西，也付了錢，這時雜貨商夫妻向他點頭道「晚安」。不過，這位老闆娘不光會點頭，她天生就很多話！學生點頭回禮，而後他站在原地，聚精會神讀起包裹起司的紙頭。那是從一本舊詩集撕下來的。

「那本書還剩下八成，」雜貨商說：「我用一些咖啡豆跟老婦人換來的，你只要給我八先令，就可以把那本書拿去！」

「謝謝，」學生說：「那我買書，起司就不需要了！我可以吃麵包抹奶油。把整本書拆得支離破碎眞是罪過。你是個成功的生意人，也相當務實，但你對詩的了解，比盆子也好不到哪裡去！」

有夠沒禮貌的，尤其是拿雜貨商和盆子比較。但是雜貨商笑了，學生也笑了，因爲那有點半開玩笑的意味。不過，有人竟敢對雜貨商說這種話，可把小矮人給惹毛了，畢竟雜貨商是房東，況且他賣的奶油是最棒的。

夜裡商店打烊，除了學生以外，大家都睡了。這時，小矮人向老闆娘借來「多話」的天賦，因爲她睡覺時用不上。只要把那個天賦擺在屋裡的任何物體上面，那個物體就會張口講話，而且跟老闆娘一樣善於表達自己的想法和感受。不過，這項天賦每次只能給一個物體使用。這點倒是不錯，否則大夥兒會七嘴八舌，同時開講。

首先，小矮人把多話的天賦擺在裝滿舊報紙的置物箱上，「你不懂詩，」他問。「是眞的嗎？」

「我當然懂，」置物箱說。「不就是報屁股那些常被剪掉的字！我應該這麼想，我肚裡的詩比學生還多，而我跟雜貨商比起來，只是個不起眼的箱子罷了！」

接著，小矮人把多話的天賦擺在咖啡機上，這下子咖啡機可停不下來！小矮人跟著又把天賦先後擺在奶油的計量器，和放錢的抽屜，它們和置物箱的意見全都一樣。總之多數人的意見，就要被尊重。

「現在，窮學生準備接招！」小矮人迅速從廚房樓梯往上爬，來到學生住的閣樓。燈還亮著。小矮人從鑰匙孔窺探，只見學生正在讀那本從樓下買來的破書。房裡多麼明亮啊！書頁間投射出明亮的光柱，然後變成樹幹；一株高聳的大樹，枝幹在學生頭上伸展開來，每片葉子都是新生嫩葉，每朵花都是可愛女孩的臉，有些女孩的眼睛烏溜溜、閃爍著光芒，有些則是不可思議的清澈湛藍。每顆果實代表一顆耀眼的星星，空中瀰漫著美妙無比的歌聲。

不，小矮人從沒想像過如此美麗的景象，更別說是親身看見或感受。於是，他繼續踮著腳尖看啊看，直到燈火熄滅。學生八成是把燈吹熄，上床去了，但是小矮人還站在那裡，因為輕柔的歌聲還沒停歇；對於就寢的學生來說，就像優美的搖籃曲。

「太不可思議了！」小矮人說。「我從沒想到會這樣！我想我會待在學生這裡！」但是，經過理智思考，他嘆了口氣說：「不過，學生供不起燕麥粥啊！」於是他轉身離開——沒錯，又回到雜貨商那兒。他做了件正確的事！裝報紙的那個置物箱，把報紙某一版的內容一股腦地唸出來，把老闆娘的多話天賦幾乎用盡，正準備翻到另一版繼續滔滔不絕，這時小矮人來了，把多話的天賦還給太太。但是，此後從裝錢的抽屜乃至火種，整間店都以置物箱的意見爲意見。他們對置物箱尊敬得五體投地，對他全然信服，以致後來當雜貨商朗讀晚報的「藝術與劇院評論」時，它們全都以爲是置物箱的高見。

另一方面，小矮人再也無法乖乖坐著聆聽店裡所有流露聰明才智的話語，只要閣樓的燈光一亮，小矮人就不由自主被光線牽引上去，彷彿那是根強有力的錨索似的，使他不得不靠過去，從鑰匙孔窺探。然後，一股又敬又畏的感覺排山倒海而來，就像上帝在狂風暴雨中跨過海洋，掀起陣陣驚濤駭浪。跟窮學生一同坐在大樹下，會是多美好的事啊！但那是不可能的，所以他光是從鑰匙孔窺探，也就心滿意足。當秋風從閣樓的天窗吹進天花板，他仍然站在寒冷的走廊上。天氣很冷，非常冷，但是直到閣樓熄燈，旋律在風中逐漸停歇，小矮人這才發現，呼！他凍僵了，於是他悄悄溜回安適的角落，那裡多麼舒適與便利。每當擺了一塊奶油的耶誕燕麥粥被送來，沒錯，小矮人便認爲雜貨店才是對他最重要的。

有一天半夜，小矮人被窗扉的聲響吵醒。外頭有人正用力敲著窗！守夜者在吹號角，原來起了場大火，整條街燒了起來！火在他們的屋子，還是在鄰居那裡？到底是哪裡？好可怕！雜貨舖的太太慌了手腳，她把金耳環解下收進口袋，多少救了點東西。雜貨商趕忙去拿他的債券，女僕則是跑去拿絲綢披風，那是她好不容易才買給自己的。每個人都想搶救自己最寶貴的東西，小矮人也不例外。

只見他三步兩步跳到樓上，來到窮學生的房間，只見窮學生默默站在敞開的窗前，觀看對街廣場上的火。小矮人一把抓起桌上那本美妙的書，將它擺進自己的紅帽，用雙手緊緊按住，這下屋裡最寶貴的東西總算得救！接著，他一路衝到屋頂，來到煙囪頂。他坐了下來，對街火場的火光照在他身上，他的雙手依舊緊緊抓著紅帽，因爲裡頭有他的寶藏。現在，他終於知道自己的心意，他眞正的歸屬。但後來火被撲滅了，他的頭腦跟著冷靜下來，這時他告訴自己：「我將遊走於他們之間！爲了燕麥粥，我不能完全放棄雜貨店！」

蠻合情合理的嘛！大家也到雜貨店去，拿粥唄！

你知道嗎？

「小矮人」和小仙子、地精或小妖精一樣，具備精靈般的特質，但是在斯堪地納維亞流傳的民間故事中，他卻是相當獨特的。據信，小矮人住在農場，只要令他滿意的話，就會庇佑農場多子多孫、健康益壽、年年豐收大發財（有點像灶神）。因此俗話說，有錢的農人就有個快樂的小矮人。另一方面，小矮人希望自己備受尊重，定時獲得食物的供養。

故事中的小矮人被描述成中世紀農夫的模樣，蓄著灰白鬍子、身穿灰衣服，戴著聖誕老公公帽。他又老又矮，據說愛抽菸斗和打牌。小矮人對農場裡的動物很有幫助，但他也可能爲發財而走捷徑，到鄰近農場偷東西。愛發脾氣的小矮人，即使受到最輕微的冒犯都會生氣，這時農場裡的動物會生病，牛奶會發酸，莊稼會枯萎。小矮人被惹毛的時候，總是會反擊。

小矮人的最早紀錄，要回溯至西元九八一年的冰島；當時有個小矮人在祈禱和聖水中被丟棄。但是十六、七世紀時，傳教士依然在對付這個「農場的居民」；雖然老百姓都是基督徒，也唸了禱告詞，但他們顯然想照顧自己的小矮人，只爲了讓生活的土地受到庇佑。

到了十九世紀，小矮人的形象有了很大的改變。一開始，羅馬的丹麥藝術社團（安徒生旅行到義大利時，與這群人熟識），用類似小矮人圖像的剪紙做聖誕裝飾，短短幾年內，小矮人的新形象大受歡迎，於是他變得更矮、更胖、更可靠、更友善，甚至娶了老婆。他離開穀倉，進入中世紀的起居室，成爲類似聖誕老人的聖誕節象徵。

故事的應用

小矮人對於觀察雜貨店的動靜頗爲樂在其中，那裡集商業、資訊和噪音於一地。我們的日常生活也像雜貨店一樣，不時在聊天閒話，充滿興奮刺激。每一天常常是在閱讀新聞中開始，獲悉新近的戰事、醜聞、商業和運動訊息。此外，每件日常事務都沾染上廣告塑造出的形象，告訴我們「應該」去觀看、穿著、思考、感覺和做些什麼。

此外，周遭的人不斷分割我們的時間；儘管這些要求有時會相互牴觸。像是：應該在郊區買房子，參加孩子的每場比賽，努力工作，和隊友合作，表現出色，此外還要坦誠、仁慈、外加富有建設性。

在這麼多聲音爭取注意的情況下，我們聽不見自己的聲音。因此，唯有摒除雜音，我們才聽得見自己；唯有不受他人意見左右，才能清楚說出自己的意見。

我們一面讀小矮人的故事，思考自己每天爲五斗米折腰的生活，也會思考理想的生活。我們將兩者視爲互斥還是互補？兩者有沒有可能相互增長、相互充實？

務實的生活

有個名副其實的雜貨商住在一樓，擁有整間房子。小矮人選擇同雜貨商在一起。

在我們的腦袋裡，那個務實的聲音可一點也不含糊：要受良好教育、找份好差事、賺大錢、享受美好人生。就這樣！人生沒那麼複雜，只要你少一點像小矮人那樣的好奇心。

很多人像雜貨商一樣，忙於自己的「店鋪」，然後發達興隆。我個人喜歡企業在成長過程中的忙亂，也喜歡眾商雲集的紐約市的脈動。如今的店鋪是全球性的，而且全年無休，只需按幾下滑鼠即可取得訊息，並做成下一筆交易。

想成爲全球交易市場的一份子，必須進好學校，研讀會出考題的那幾頁。我們挑選信譽卓著的公司，學習適當的能力，而後一舉中的。我們用對的品牌、汽車、地段來包裝自己，用學校來包裝孩子。生活是一條直線，一切皆在掌控中！或者，會不會我們只是盲從？我們是不是照著雜貨店的名言過日子，即所謂「凡多數人同意的，一定要尊重」？

當我回顧過去，訝異於自己有許多因襲傳統而作出的選擇。我早該注意到的，因爲我的人生和我父母或同儕的人生似乎沒有太大不同。我眞的做出「自由」選擇，還是依照程式的預設值？我舉個例子。多年前，我有份很棒的工作，我「蓄勢待發」，而我的成功也反應在我擁有的動產與不動產上。突然間，外子從事的行業面臨衰退，於是公司進行資遣。由於外子早就想回鍋當學生，那一刻似乎是改變的最佳時機，而當他得到哈佛商學院的入學許可時，我們認爲値得去做。於是，我們賣了加州的房子、車子、洗碗機、烘乾機和電冰箱，橫越整個國家，搬到麻州劍橋的「閣樓」。

出乎意料，我竟然愛上我們的新生活。沒有矮樹叢要清理，沒有房子或泳池要打掃，沒有車子要保養。如果小公寓有東西需要修理，只要把管理員找來就行。我被解放了！我驚訝地發現，以前我們的擁有物，竟然擁有我們如此多的時間。我也意外領悟到，「擁有房子」其實不是我的夢想。

當年的領悟，帶著我們繼續過學生般的生活。每當想做出重大財務承諾時，我們會問自己：「我們想要住在中央公園附近（這我很樂意），還是在財務上擁有自由？」每次都是自由獲勝。於是，外子和我有了從事創意工作的時間；對他而言是音樂，對我則是這本書。所以說，我們的生活水準平淡無奇，但生活品質卻棒透了。

對許多人來說，問題不是出在想要過好生活，而是誤以爲自己版本的好生活就是對的生活。好比我們只閱讀符合自己興趣的文章，只觀賞那些證實我們既有想法的節目。於是到頭來，詩集淪爲包裝紙，資訊跟「智慧」混爲一談，每個人都說著「多數人同意」的話。

我由衷相信，只要更多「雜貨商」除了留心企業領導人勸誘式的忠告外，也跟我們之中的「窮學生」銜接調和，職場上許多錯誤和不守原則的行爲是可以避免的。我們要花更多時間，眞心探索日常生活中道德倫理上的兩難；如此不僅能夠思考做什麼事最有效率，也思考做什麼才是適切的。

會思考的生活

從前，有個名副其實的學生住在閣樓，他一貧如洗。

實事求是的小矮人想跟雜貨商在一塊，因爲雜貨商有財產。至於窮學生的生活看似不太體面，但一文不名的學生，似乎擁有自己所需的一切。當他爲了一本破書而放棄起司，寧願只以麵包塗奶油果腹時，他似乎對這筆交易感到滿意；這是因爲不關心金錢的他，有時間思考、鑽研偉大思想，探索宇宙典範，沈思生命的意義。

當小矮人來到閣樓，想給學生一點顏色瞧瞧，結果反倒嚇了一跳。小矮人無意間與學生的世界邂逅，一種壯盛宏偉的感覺令他難以招架，幾乎難以用言語形容。

誰能對這個現實的小子有如此影響？小矮人是被眞理、勇氣、慈悲或美麗的力量感動嗎？他因爲想到「永恆」而動容嗎？他是被自由、平等、正義等令人感動的理想、這些使舊國家徹底轉變、新國家隨之誕生的「不務實」觀念所影響嗎？

即使小矮人被自己的大發現弄得六神無主，但是一等燈光熄滅，眼前景象消失，現實又對他當頭棒喝。雖然，理想的生活方式也許給人諸多啓發，但卻通常無法使人溫飽。不過話說回來，生命不光是更高的效率，和無止盡的待辦事項，不是嗎？

「窮學生」並不是沒有弱點，尤其可能流於故作清高。當窮學生說：「把整本書拆得支離破碎，眞是罪過。」便流露出這種意味。「罪過」一詞意味著自古以來許多受過教育的人，在面對老百姓時紆尊絳貴、自以爲是的心態，那種態度暗示：「餵飽心靈」比「餵飽社會」要高尙多了。

除了養成高傲的態度外，像窮學生這類的人也可能流於過度重視概念、太理論化，且太疏離「現實世界」。事實上，一如雜貨商可以從閣樓學到很多，學生在現

實世界中也將能獲益良多。

許多領導、人力資源、組織變動等領域的專業人士，對人類及其潛力深信不疑。不過亞伯拉罕・馬斯洛（Abraham Maslow）在其著作《馬斯洛人性管理》（*Maslow on Management*）中提到，我們對自己的理論經常自命不凡，而且深信不疑。馬斯洛建議把時間花在實務界，用困難的目標、拮据的預算和緊迫逼人的截止日期，來測試理論。

同樣地，當我們運用亙古不變的哲學理念，來處理多元化、海外外包或高階主管待遇這類需要深入理解以做出良好決策的議題時，古老的哲學理念將更具意義。這就是亞斯本國際菁英組織（Aspen Institute）研討會背後的概念，來自各行各業的領導人，運用偉大思想家的著作，來處理社會和企業長久以來面臨的挑戰。

深思熟慮之舉

「我將遊走於他們之間！為了燕麥粥，我不能完全放棄雜貨店！」

雜貨商對經營店鋪的生活很滿意，人來人往，還價算計，以及金錢物流。這就是充滿活力的生活！「財產」是我們的第一優先，一旦祝融肆虐時，必須搶救耳環和債券。

對比之下，窮學生更喜歡閣樓的獨居生活和偉大思想家的相伴。這是充滿思想的生活。然而，這樣的生活或許和「眞實世界」太疏離；比如說，當街上發生火災，學生竟若無其事地站在窗邊觀望，因爲他置身事外。

小矮人橫跨兩個世界。一開始，他在店裡過得頗爲自在，但是當他的心智被偉大的想法伸展，雜貨店就再也無法滿足他。他想要安適，但又被閣樓的光所吸引。當店鋪失火時，小矮人完全忘了燕麥粥。他跑上閣樓，將那本破書塞在紅帽裡，衝上屋頂一路來到煙囪旁，他坐在那兒，用雙手按住帽子，他明白心之所向了！但是等到火勢平息，小矮人的心情隨之平靜，這時又想起自己多愛那燕麥粥。就在店鋪和閣樓之上，一切難題變得清晰明朗，他不需要選邊站，他想兩者得兼。

丹麥原文的措辭，讓故事結尾有點含糊曖昧。安徒生用的是丹麥文dele，這個字的翻譯方式有兩種，一種暗指小矮人把自己「分割」成兩半，每一半屬於一個世界；另一種翻譯則是「遊走在兩個世界間」。這是很重要的細微差別。第一種翻譯法最常見，將現實視爲互相矛盾，至於我偏愛的第二種翻譯，則接受整合的可能。

教育家派克・帕瑪（**Parker Palmer**）在《活躍的人生》（*The Active Life*）中，寫到冥思和行動的對比，他指出人會用不同方式，處理表面上相反的事物。我們往往一開始將兩者完全分割，其後在兩者間交替，希望最終找到辦法，將兩者合一。贊成整合的帕瑪用「冥思與行動」，代表兩者缺一不可。

當我們把冥思和行動視爲互相對立的事物，於是被迫在兩者的拉鋸戰中選邊。當我們把某一方貶爲「不食人間煙火、象牙塔的菁英」，或「貪婪、自私自利無所不用其極的人」，藉此表達自己站在另一邊，這種做法反而使問題惡化。故事一開始，雜貨商和學生活在不同世界，小矮人已經選好邊。雜貨商是贏家，因爲他是房東，而且賣最棒的奶油，學生一無所有，理應有自知之明。當學生「虧」了雜貨商，小矮人很生氣，準備給學生一點顏色瞧瞧，有趣的是，當小矮人看見兩個世界的價值，收穫最多的反而是他。

我們可以同時欣賞兩者的優點，而不是在明顯矛盾的對立事物中擇其一，然後瞧不起另外一個。比如說，我們可以把生活分配給兩者，把一星期的多數時間用來處理現實的事，星期日則保留供冥思之用；或者連續幾個月從事高壓工作，而後再去釣魚或遠足登山。當小矮人白天待在舒服的店裡，晚上來到閣樓，就是在過這樣的生活。兩個地方都重要，儘管毫無交集。

不過，如果財產和詩集可以互補，一加一會大於二嗎？那麼，一方將彌補另一方之不足，並使其更加豐富；那麼，兩者間的張力，將造就富有創意的解決之道，而不是把我們撕裂。「我將遊走於他們之間」，意味小矮人接受兩者間的緊張狀態。他不因爲想要麥片粥而覺醒，也不急著得到不成熟的解答；他接受兩者都是自身體驗的一部分，而他需要找到自己的方法，將兩者同時抓住。他表現出一種爽朗的眞實。

我那六歲的姪女艾達，在檢視自己的動機時，也同樣地率直。幾個月前，有一回吃晚餐時，她問我爲何吃素。我的小姑回答說，那是因爲「梅特覺得殺生不好」。艾達沈思了一會，一面繼續啃著雞塊。然後她看看我，很誠懇地說：「我也覺得殺生不好……不過，我好喜歡吃雞塊啊。」她的回答令我莞爾。她接受兩者的不一致，而且態度坦率大方。她和緊張關係共處，而不是牽強地解釋爭議，於是她得到屬於她個人的答案。她的未來大有可爲。

你我也像小矮人，曾經被超越物質的生活喚醒；或許是因爲生了一場大病或遭逢無謂悲劇，或者參加了改變生命的工作坊，也曾攀岩或踩過正在燃燒的煤炭。有那麼一下子，所有事物發出亮光，一切澄澈透明，我們認識自己的心，感覺被融化。然而，當事件的影響減弱，光芒逐漸褪去，我們往往故態復萌，因爲未能信守對自己的承諾而自責不已。

不過，爲何非要在某種被浪漫化的理想，和熟悉的行爲方式之間立即做出選擇？我們爲什麼一定要立即解決衝突？其實，和緊張處得久一點會更好；那確實不舒服，但也會是一段充滿奇妙創意的時間，當我們和表面上的衝突共處一段時間，就可以尋求「以一方增長另一方」的作法，而後得出屬於自己的「現實與理想兼具」的答案。

有些最具影響力的人，無論是身在雜貨店和閣樓，都無入而不自得。二十世紀一些最務實的管理改善方案，背後的功臣就是彼得·杜拉克（Peter Drucker），他永遠在學習新知。早在三十歲出頭，杜拉克便挑選了各種主題（例如國際關係和法律、社會制度，或日本藝術），而後每個課題密集學習三、四年。這些研究在他執行業務時提供許多資訊，使他成爲我們這一代最具洞見的管理思想家。杜拉克的例子充分說明，沒有什麼比好的理論更務實。他是思而後行的典範。

每個人都要察覺，自己對於理想和現實的體認，到了什麼程度。你是否認爲，理想的人生不該像你那樣一刻不得閒，有辦不完的事情？你是否在現實世界耗盡精力，再藉著對立的那一半來恢復？你的情緒受哪些不隨時間改變的理想所牽動？某些恆久不變的觀念，是否影響你每天做的選擇？你愈是同時靠近現實和理想，就愈能創造自己的解答。你愈是整合兩者，就愈有智慧。

想一想……

● 你曾經在什麼時候，用道德的原則來做現實的決定？

● 你認爲誰既成功，又愼思？

跟同事聊一聊……

● 你的組織中，什麼事情是多數人都同意，且大家應該自動尊重？

● 學習的目的是什麼？是學會自己思考？學習實用的東西？還是兩者皆是？

樅樹

若我們總是浮躁不安，就會一直渴望其他的東西。

〈樅樹〉是一則人生的寓言。這是一齣悲劇；不是因為樹死了，而是他從沒真正活過。樅樹滿腦子想著未來或過去，卻不曾完全活在當下。

故事中提到，幸福人生的根本，在於有能力覺察並欣賞當下；並鼓勵我們別太在意未來可能怎樣，先要享受當下的一切。把計畫擺一邊，品味當下，要我們留意阿公阿媽的忠告，想想自己多幸運，而不是一天到晚抱怨。

享受當下相當簡單，不需要花額外時間、力氣或勇氣，只需要覺察與欣賞。不過，多數人都做不到。所以問題來了：究竟是什麼使我們無法活在當下？還有，如何活得更充實？

當你閱讀以下的故事時，想想這問題：你是否總是活在過去或未來，而不是活在當下？你是否把你的人生不斷往後延，以為只要變苗條、換新車或趕上下一個截止日，人生才值得你去過？你是否經常回想過去的好時光？

安徒生說故事

樅樹等不及想長大，它對溫暖的太陽或新鮮空氣毫不在意。

啊，如果我已經在馬車上，被送進那溫暖的起居室，擁有一切的榮耀和光彩，該有多好啊！我多盼望有事情發生！

到了耶誕節，它第一個被砍下，斧頭深深切進樹心。

蠟燭點燃了。多耀眼、多華麗！

樅樹開始盼望第二天，全身再度被蠟燭、玩具、金紙和水果裝飾。

他們卻將它抬上頂樓的儲藏間，把它擺在完全照不到光線的黑暗角落。

然後，樅樹被拖了出去。

唉呀！樅樹的枝幹全都枯萎變黃，躺在長滿雜草和蕁麻的角落。

要是當初及時行樂，該有多好！

森林裡長了一棵漂亮的樅樹。它占了地利之便，曬得到陽光、可以暢快呼吸，而且被許多更高大的夥伴圍繞，包括樅樹和松樹。但是，這棵小樹等不及想長大，它對溫暖的太陽或新鮮空氣毫不在意。當農夫的孩子一邊閒聊，一面到處走動著採草莓和覆盆子，樅樹也不爲所動。孩子們經常裝滿一盆子野果，不然就用草繩串起草莓，然後坐在這棵小樹旁，說道：「啊，多漂亮的小樹啊！」樅樹卻根本不想聽。

第二年，樹幹長高一截，一年後又長高一截。一般人只要數有幾截樹幹，就知道它年紀多大。

「啊，要是我跟其他樹一樣高大就好了，」小樹嘆息道。「我會把枝幹擴散出去，從高處俯瞰寬廣的世界！鳥會在我的樹枝上結巢，風吹時，我可以跟別的樹一樣，神氣活現地點頭。」

樅樹一點也不喜歡陽光、鳥，或是每天早晚從頭頂飄過的紅雲。

冬天來了，大地覆蓋著閃亮的白雪，一隻小野兔經常跑來，從小樹身上跨過去，嗯！眞討厭！兩個冬天過去，到了第三個冬天，小樹長得好大，野兔只能在它的四周蹦跳。樅樹想，長吧長吧，變高、變老，那才是世界上最開心的事。

到了秋天，伐木工人來砍掉幾棵最大的樹。他們每年都來。年輕的樅樹如今已經長得相當大，當它看到伐木工人砍樹時忍不住顫抖，因爲壯麗的大樹轟地一聲倒地，樹枝被砍掉，整棵樹看起來光禿禿，變得又高又修長，幾乎認不出來。然後，這些樹被裝進馬車，馬兒將樹木拖離樹林。

它們去哪兒了？到底怎麼了？

到了早晨，當燕子和白鸛飛來，年輕的樅樹問道：「你們可知，那些樹被帶到哪裡去了？可曾見到它們？」

燕子啥也不知，不過白鸛卻一副若有所思的樣子，點點頭說道：「嗯，我知道。我從埃及飛回來的時候，碰到很多艘新船，這些船都有壯觀的桅杆，我敢說就是它們，因爲聞起來有樅樹的味道，它們要我代爲問好。它們把頭抬得好高，眞的很高！」

「啊，如果我長得夠大，就可以越過大海！那東西到底是啥，那叫海是吧？長的什麼樣？」

「這個嘛，很難解釋。」白鶴說完便轉身離去。

「享受青春吧，」陽光說。「享受你朝氣蓬勃的成長，和你內在的年輕生命。」

於是風吻上它，露水在它身上落淚，但年輕的樅樹卻不明瞭。

接近耶誕節時，幾株很年輕的樹被砍斷，包括那些沒有樅樹那麼大、那麼老的樹。樅樹急得什麼似的，一心只想要離開。他們帶走的都是最美的小樹，當那些樹被放在馬車上時，所有枝幹都還在，馬載著它們離開樹林。

「它們去哪裡？」樅樹問。「它們沒有我大，有一棵甚至比我還小，但為什麼可以保留枝幹？它們去哪裡？」

「我們曉得！我們曉得！」麻雀啾啾地說。「在山下的城市，我們從窗外往裡看，我們曉得那些樹去哪裡了！啊，它們獲得我們所能想像，最高的榮耀和光彩！我們透過窗戶，看見他們把樹種在溫暖房間的正中央，用可愛的東西裝飾它，有金蘋果、蜂蜜蛋糕、玩具，還有好幾百根蠟燭！」

「然後呢？」樅樹問，它身上的每株枝幹都在顫動。「然後怎麼了？」

「嗯，後來就沒看到了，但是眞的很壯觀！」

「我在想，我是不是應該替這麼不得了的旅行預作打算，」樅樹開心地大叫。「比橫跨大海更棒。盼望是多折磨人哪！要是現在就是耶誕節該多好！現在的我，跟去年被送走的樹一樣高、一樣壯。啊，如果我已經在馬車上，被送進那溫暖的起居室，擁有一切的榮耀和光彩，該有多好啊！但是之後呢？之後一定會發生更美好的事。不然，他們幹嘛把我裝飾成那樣？一定會有更盛大、更華麗的事情發生。但是又怎樣？啊，我眞痛苦，我多盼望有事情發生！我不知道自己怎麼了。」

「享受我，」空氣和陽光異口同聲說道。「享受你在開放空間，生氣蓬勃的成長。」

但是，樅樹一點也無法享受。它長啊長，經過了冬天、夏天，它依舊是綠的，而且是深綠。看見它的人會說：「好一棵漂亮的樹！」到了耶誕節，它第一個被砍下，斧頭深深切進樹心，樅樹嘆了口氣，便應聲倒地。它有點痛、有點暈，完全感覺不到快樂。它爲了即將離開家、離開生長地而難過，因爲它知道自己往後再也見不到親愛的老朋友、見不到周遭的小灌木和花朵，甚至可能見不到鳥。離別一點都不愉快。

樅樹一路上都沒發現什麼特別的，直到它和其他樹一起被卸下馬車、放進院子，有個男人說：「那棵很漂亮！我們就要那棵！」

於是，兩名穿著整齊制服的僕役，把樅樹抬到一個溫馨的大房間。牆壁四周掛著畫，在那砌了磁磚的大壁爐旁，有兩個巨大的中國花瓶，一對獅子攀在瓶口，房間裡有搖椅和絲綢沙發，大桌子上堆著相簿，至於玩具則價値成千上萬，至少孩子們是這麼說的。樅樹被立在一個裝滿沙子的桶子裡，但沒人看出那是個桶子，因爲他們在它四周圍上綠色的布。立著樅樹的桶子就放在五彩繽紛的大地毯上。

啊，樅樹抖個不停！到底會怎樣？然後，兩名僕人和年輕小姐在它周圍走來走去地裝飾著，他們在一根樹枝上掛上色紙剪成的紙網，網上擺滿糖果，而那金蘋果和胡桃，活像從樹上長出來的，上百支紅、藍、白色的小蠟燭被擺在樹枝上，幾可亂眞的洋娃娃（樅樹從沒見過）擱在樹葉間。此外，他們在樹頂放了金箔紙摺的大星星，眞是光彩奪目，而且絕對是獨一無二的。

「今晚，」他們同聲說：「今晚要點亮它！」

「啊，」樅樹心想：「要是現在就是晚上，該有多好！要是蠟燭馬上亮起來，該有多好！接下來呢？不知道林子裡那些樹會不會來看我，不知道麻雀會不會到我窗邊，不知道我在這裡會不會生出根來，在冬天和夏天都一樣被裝扮得美美的。」

唉，想了這麼多，樅樹仍然不知道結果會是如何。但光是盼望就讓它的樹皮痛起來，對樹來說，樹皮痛就跟人類的頭痛一樣糟。

現在，蠟燭點燃了。多耀眼、多華麗，樹的每根枝幹都在顫動。有一根蠟燭燒到樹枝。好痛！

「唉呀呀！」姑娘們驚叫，迅速將火撲滅。

現在，樅樹連顫抖都不敢了。啊，眞是糟透了！它害怕可能會因此失去一些裝飾品。樅樹被亮光弄得眼花撩亂，這時兩扇大門開了，一群孩子衝進來，來勢洶洶，要把樹翻倒似的。幾個大人跟在後頭，神情鎮定多了。小傢伙們只安靜了一會，然後快樂的叫聲再度震耳欲聾，大家手拉手繞著樹跳舞，一個接一個拾起樹下的禮物。

「他們在做什麼啊？」樅樹想。「到底會怎樣？」蠟燭一路燒到樹枝，火被撲滅，然後孩子們被允許拿樹上的糖果。啊，他們衝得好猛，每根樹枝都在呻吟，要不是樹梢被繫在天花板上，整棵樹都要倒下了。

孩子們拿著精緻的玩具繞著樹跳舞。只有老褓母一個人盯著樹看。她繞著樹走，一邊在樹枝間窺看，不過，她只是想看看有沒有沒被採下的無花果或蘋果。

「講故事！講故事！」孩子們一邊喊，一邊拖個矮胖男人往耶誕樹走。男人靠著樅樹坐下。「我們大家在綠色森林裡，」他說。「連樹也可以聽故事！不過我只說一個。你們想聽〈伊菲德、阿菲德〉的故事呢，還是〈滾動的泥塊〉（*Klumpe-Dumpe*）？」

幾個孩子大聲說：「伊菲德、阿菲德！」另外一些孩子則大叫：「滾動的泥塊！」喊叫聲此起彼落，唯有樅樹站著不動，心想：「我不也是一份子嗎？難道我什麼也不能做？」當然，樅樹也是一份子，而且已經盡了應盡的義務。

於是男人開始說〈滾動的泥塊〉。有個男人摔下樓梯，最後仍然登上王位，並娶了公主為妻。孩子們鼓掌大聲叫道：「再說一個！再說一個！」他們也想聽〈伊菲德、阿菲德〉，但是他們只能聽〈滾動的泥塊〉。樅樹一動不動地陷入沈思。樹林裡的鳥，從沒跟它說過會這樣。「滾動的泥塊雖然摔下樓梯，最後還是娶了公主！唉呀呀，世界就是這樣！」樅樹想。它相信故事是真的，因為說故事的是個和善的人。「話說回來，誰知道呢？說不定我也會摔下樓梯，又娶到公主。」樅樹開始盼望第二天，全身再度被蠟燭、玩具、金紙和水果裝飾。

「明天我將不再顫抖，」樅樹想著。「我將好好享受一切光彩。明天我將再度聽到〈滾動的泥塊〉，或許也會聽到〈伊菲德、阿菲德〉。」樅樹靜靜站著，整晚陷入思緒中。

隔天早晨，一位男僕和一位女僕走進房間。

「哈，又要開始裝飾囉，」縱樹想。但是，他們卻將它拖出房間，抬上樓，來到頂樓的儲藏間，然後把它擺在完全照不到光線的黑暗角落。「這怎麼回事！」縱樹疑惑不已。「我在這兒要幹嘛？我在這裡會聽到什麼？」它靠牆站著，左思右想。縱樹現在有好多好多時間，日復一日，沒有任何人上樓來。好不容易有人進來，只是把一些大盒子堆在角落罷了。縱樹被擋住了，可說是完全被遺忘。

「外頭現在是冬天，」縱樹想。「地面硬梆梆，而且被雪覆蓋，人類沒辦法把我種進土裡，所以把我放在這裡躲避風雪，直到春天來臨。多體貼啊！人類眞會設想。要是這裡不是那麼黑、那麼孤單就好了。這裡連隻小兔子都沒有。待在樹林有多好，雪覆蓋在我的四周，兔子跑跑跳跳，還會從我身上跳過去，雖然當時我不太高興。這裡簡直孤單得可怕！」

「吱！吱！」一隻小老鼠衝出來，跟著又來一隻。牠們把鼻子對著樹嗾啊嗾，在樹枝間鑽進鑽出。

「冷得要死！」小老鼠說。「不然這裡倒挺好的。你不覺得嗎，老樅樹？」

「我才不老咧！」樅樹說。「有很多樹比我還老！」

「你打哪兒來，」老鼠問：「你又懂個什麼？」牠們對樅樹相當好奇。「跟我說說地球上最美好的地方，你到過嗎？你有沒有到過食物儲藏間，起司在架子上，火腿掛在天花板，可以在動物油融成的蠟燭上跳舞，進去瘦巴巴、出來胖嘟嘟？」

「我不曉得什麼食物儲藏間，」樅樹說。「但我知道樹林，那裡有陽光照耀，鳥兒歌唱！」於是，樅樹說起它的年輕歲月。小老鼠從沒聽過這種事，它們專心聆聽，說道：「天哪！你的見識可眞廣啊！你一定很快樂！」

「我？」樅樹反問，一邊想想自己剛才說的。「嗯，那是一段美好的時光！」樅樹接著說起耶誕夜那天，全身掛滿蛋糕和蠟燭。

「哦！」小老鼠說。「你好快樂啊，你這棵老樅樹。」

「我一點也不老。」樅樹說。「我是今年冬天才離開樹林的。我正值壯年，只是暫時停止生長罷了。」

「您眞會說故事！」老鼠讚美道。隔天晚上，牠們又帶了四隻小老鼠來，要讓這幾隻也聽聽樅樹說故事。「當年眞愜意啊！但是好日子會再來，會再來的。『滾動的泥塊』摔下樓梯還能娶到公主，說不定我也娶得到公主哩。」樅樹想像樹林長出一棵美麗的白樺樹，她會是樅樹心目中眞正美麗的公主。

「誰是『滾動的泥塊』？」小老鼠問。於是樅樹一字不漏，說了整個故事。小老鼠開心得幾乎爬上樹頂。隔天晚上又來了幾隻老鼠，到了星期天，連兩隻大老鼠都來了。但是大老鼠說，那個故事一點都不有趣。小老鼠聽了有些失望，現在連牠們都不覺得那麼有趣了。

「你只知道那個故事啊？」大老鼠問。

「只有這麼一個，」樅樹回答。「我在這輩子最幸福的晚上聽到的，但當時我沒發現自己多幸福。」

「有夠爛的故事！難道你不知道關於豬油蠟燭的故事嗎？沒有食物儲藏間的故事嗎？」

「沒有。」樅樹說。

「好吧，算你厲害。」大老鼠說完就走了。

後來，小老鼠也離得遠遠的。樅樹嘆口氣：「當那些可愛的小老鼠圍著我聽故事時，有多好啊。現在一切都沒了。但是，等我再度被抬出去時，我得記得要樂在其中。」

可是，什麼時候才會再度被抬出去？哈！有天一大早，人們來到閣樓搬東西，盒子被推到一邊，樹被拖了出去，他們把它扔在硬梆梆的地上。一位男僕很快拖著它，朝向有陽光照射的樓梯走去。

「生命再度展開！」樅樹想。它感受到清新的空氣和第一道陽光，沒多久它已經置身在院子裡，所有東西都快速移動。樅樹完全忘了打量自己，因爲要看的實在太多。院子緊鄰著花園，花團錦簇，玫瑰探出矮籬，芳香怡人；萊姆樹正在開花，麻雀飛來飛去地歌唱，「呱啦，哇啦，嗚伊，我丈夫要來了！」不過，牠們指得不是樅樹。

「現在，我將綻放生命力！」樅樹伸展枝幹，愉悅地呼喊。唉呀！樅樹的枝幹全都枯萎變黃，躺在長滿雜草和蕁麻的角落。金箔紙摺的星星仍掛在樹梢，在耀眼的陽光下閃爍。

院子裡，幾個孩子玩得正開心。耶誕節圍繞樅樹跳舞的孩子，曾經好喜歡它。最小的孩子衝過去，一把抓下金星。

「看是什麼掛在那棵又老又醜的耶誕樹上！」他邊說邊踩著樹枝，樹枝在靴子底下哀鳴。

樅樹看著花園的叢叢花朵和蓬勃的朝氣，再看看自己，突然希望自己還待在閣樓的黑暗角落。它想起樹林裡那段年輕歲月，想起愉快的耶誕夜，想起聽到〈滾動的泥塊〉而樂不可支的小老鼠。

「結束了！全都結束了！」可憐的樅樹告訴自己。「要是當初及時行樂，該有多好！完了！一切都完了！」

僕人把樹砍成許多小塊，沒多久就變成一堆木材，放在大水壺下會燒得很旺。

樅樹深深嘆息，每個嘆息就像火星迸開。正在玩耍的孩子聞風趕來，坐在火堆旁。他們看著樅樹的殘骸，促狹地喊道：「砰！砰！」然而，每回火星迸開就伴隨一聲嘆息。樅樹想到在樹林度過的夏天，又想到那裡的冬季夜晚，星星在天上閃耀。它想到〈滾動的泥塊〉的耶誕夜，那是它唯一聽過也記得情節的童話故事。不一會兒，樅樹就被燒光了。

男孩在院子裡玩，年紀最小的胸前戴著金星，正是樅樹在它此生最幸福的那一夜所配戴的。如今那個晚上已成絕響，樅樹的生命結束，現在故事也結束。完了，全完了，所有故事都完了！

你知道嗎？

一八四四年十二月，〈樅樹〉出版。安徒生對童話故事這種文體愈來愈有信心，曾致信給他的朋友、也就是發現電磁學的科學家奧斯特（H.C. ϕrsted）：「我不曉得二十年後的人會怎麼說，但我不認爲它們會被遺忘。」

故事中的樅樹就像作者自己一樣永不饜足，總是夢想著未來會更燦爛，不然就是懷舊地活在過去。傳記作家烏史拉格（Jackie Wullschlager）特別注意到作者的精神官能症，以及對於被認同的渴求；她認爲這篇故事「是安徒生的作品中最精確的幻想自畫像，在詼諧的自我認知中，充滿悲痛和自憐自艾」。

年輕的安徒生有副好嗓門，而且善於讓自己引人注目。他喜歡唱歌，不時在歐登賽省的小型派對中吟唱，賺點外快。最後，這個十四歲男孩終於攢夠了錢，購買前往哥本哈根的車票。

稚氣未脫的安徒生到首都的十二天，靠著一張嘴，一路來到皇家戲劇院合唱團指揮的家，幾位哥本哈根的名流正聚在那裡吃晚餐。男孩無師自通且相當滑稽的表演，令這群見多識廣的人頗爲詫異，但他的天分和熱情卻觸動他們，於是決定贊助這個活寶。眾人共襄盛舉，最後湊到一些錢。幾年後，當這位知名作家以莊園客人的身分在晚餐後朗讀，他仍在爲生活演出。

在這個樅樹渴望發光的故事之中，烏史拉格觀察到一種幾乎和存在有關、「深深烙印」的悲觀主義，暗示命運的殘酷和生命本身的無意義，唯有當下才富有價值。或許當時的時代氛圍就是如此，因爲存在哲學的創始人齊克果（Sϕren Kierkegaard），和安徒生是同一年代的人。

故事的應用

就像榕樹一樣，我們經常是身體在這裡，心卻飄忽到別處。在平日盼望著週末趕快來臨，到時可以休息、玩樂、睡懶覺、趕進度；但是到了星期日，我們的心卻已經回到工作崗位。或者，人坐在教堂或海邊，思緒卻遠在數里之外。或者，我們已經第四次唸同一個床邊故事給孩子聽，一邊又想著還有哪些事沒做完。換言之，我們只是形體置身當下，心卻沒有眞正到位。

我不贊成把思緒關閉。人需要回顧與反省以免重蹈覆轍，同時也需要前瞻，提出「如果……會怎樣」的問題，來幫助成長和創造。但是，問深入的問題，和任由心裡的喋喋不休占據、剝奪自己的每一刻，兩者是不同的。

生命有出生、成長、成熟、衰弱、凋零和重生的週期，就像四季的週而復始和月亮的陰晴圓缺，總有新事物會誕生。人們通常期待週期的前半部、抗拒後半部，殊不知每一端各有不同的風景。前半部是向外擴張、令人興奮的，後半部則是對內深化、心領神會。在生老病死的大週期中，還有許多小週期；例如發展一段關係或對關係失去興趣、開始從事嗜好或放棄嗜好，或者著手從事某計畫或結束計畫。在談論產品的生命週期和業務週期時，往往也能辨識出這種週期型態。

我們不像樅樹從根部被截斷，而得以一直保有自我的本質。如果工作曾令我們振奮，而今卻如同嚼蠟，我們可以自問：「往昔的活力爲何停止流動，我爲何打不起精神，感受不到妙趣？」也許因爲期限的壓迫，以致忘了初衷？如果是，就要在生命創造一些空間。或者，我們成長的速度太快，導致這個計畫已經不適用？如果是，我們需要放下，休耕一陣子，讓新的事物出現。然而，我們經常不是花時間整理自己，而是雙腳一蹬往新的機會跳：高中時預修大學課程，上了大學又超修學分，工作時專找高能見度的專案計畫，永遠急著往前、往上走，一再壓縮成長的時間。

等不及要發光

「啊，」樅樹想。「要是現在就是晚上，該有多好！要是蠟燭馬上亮起來，該有多好！然後會怎樣？好想知道……」

故事的前半部捕捉到現代人的急切不耐，以及後現代心靈的不安定感。樅樹等不及長大，它想離開，想發光，它爆發能量，想長成參天巨樹，急於縮短成長時間。然而，因爲它是如此不安定且不耐煩，因此連一生中最不得了的一晚都無法好好享受。它總是往前看，納悶著：「接下來會怎樣？」結果，卻錯過短暫的風光。

我們這個時代的選擇與機會都比以前多，然而滿足感卻更低。我們的心停不下來，擔心自己可能錯過什麼。我們的腦袋塞滿問題，像是：如何得到想要的？如何應付每件事？如何達到標準？

廣告填補人們的不滿足。我們想穿戴新品牌，看賣座電影，品嚐少量生產的啤酒。我們就像樅樹，唯恐錯過了什麼，抱著湊熱鬧的心態參加音樂會和工作坊，而後又四處張望，想著：「現在要做什麼？」我們得了「體驗成癮症」，需要「下一個新東西」把時間塡滿。

八〇年代的人，認爲跑個一萬哩就夠嗆的了，但現在一定要跑馬拉松才會受到注意。雖說如此，你跑過波士頓、紐約和柏林的馬拉松賽嗎？你在布里森（Karen Blixen）（譯註：《遠離非洲》作者）在肯亞經營的農場跑過嗎？中國的萬里長城呢？那可眞傷腳程啊！接下來呢？也許是半個鐵人三項，立志挑戰夏威夷的鐵人。

我們不僅想要身材精實，也希望自己是個給予支持的伴侶、了不起的父母、表現第一名、無所不能的管理者，以及有遠見的領導人。我們就像那棵小樹想要發光。但是，表現給誰看呢？是希望父母以我們爲榮？是想讓朋友另眼相看？是贏得屬下尊敬？同事的讚美？還是老闆的獎金？我們在矩陣般的組織，試著滿足每個隊友和老闆的期待，但我們在被重新指派或者獲得升遷之前，幾乎不了解他們的需要。唯一不變的，是要求生產力創新高。

我們不照自己的步調生長，而是揠苗助長。我們就像樅樹，想被選中從事高能見度的專案計畫。我們全心投入，力求表現傑出，不等一個計畫做完，就又攬下兩個。當人們問：「你好嗎？」我們連珠砲似地回答哪些事做完了、哪些還沒。午餐時間在工作中度過，休息時間查看留言，關愛的人成了待辦事項；要嘛就是硬塞進行程，否則就在罪惡感中混過去。

「我們需要的不是更多時間，而是更少的慾望。」《金融時報》（*Financial Times*）的湯金斯（**Richard Tomkins**）說。農業社會的人從出生到死都在同一個村子，當時的人可以被合理期待懂得每一件事，並且有能耐處理手邊的每件事。如今我們的「村子」成了全球職場和競賽場，有著無窮的可能，但我們仍想了解並且做每件事，一如湯金斯的觀察：「我們需要關掉手機，讓孩子自己玩，需要少買一點，少讀一點並且少旅行一點。我們需要爲自己設定疆界。」

不過，源於人類的掠奪天性，使我們的行爲舉止往往像個討厭的小鬼，要更多、更新或者更好，直到內心有個什麼東西說：「夠了！」如果內心缺乏自制力幫忙設限，環境終究會爲我們代勞；這時事情會出紕漏、脾氣變得暴躁、金童玉女變得灰頭土臉。於是，生活的某方面將面臨衰退，例如身體健康、一段重要的感情，或是職業生涯。

被砍下

斧頭深深切進它的樹心，樹嘆了口氣，便摔到地上。

樅樹被困在閣樓，於是有了時間思考、反省，對生活產生不同觀點。可惜的是，樅樹沒有學到教訓，只是一味回想當年，並把目標轉向新的奔放幻想。

小挫折在職場司空見慣，例如達不到標準時的失落感就是。很多人的表現只是持平，狀況隨老闆的權力而變好變壞，隨自己的市場潛力而「上壘」或「出局」；受到矚目儘管開心，而一旦發現自己淪爲「二軍」，就又煩惱起來。

有些問題比較嚴重，甚至具毀滅性。我和許多人一樣，有過被遣散的經驗，當然也感覺受到委屈與不公義。有人則親眼目睹自己從事的職業日漸喪失聲望或者過氣；如果你把工作看得很重，這種轉變會使你感到痛苦。又有人眼見一度當紅的組織急速沈淪，可能因爲市況改變或管理者無能，於是回想起當初承平的日子。問題不在摔跤跌倒，而是我們是否趁著在「閣樓」的時間反省、整理並學習。

走下坡是不好應付的老師，它要我們在成爲「過氣者」或「識時務者」之間擇其一。過氣的人花了許多年呵護「淤青」的自我、卻使自己日漸乾涸；識時務者則把根紮得更深，極盡所能長到最高。爲了更堅強，我們需要面對自己的行爲。我們是否工作過度認眞，以致不再有笑容？我們是否專挑軟柿子，結果喪失優勢？我們是否認爲工作比較重要，教養孩子很無趣？誠實檢討往往傷人，但經驗豐富的「戰士」有時會傷重見骨，而他們將帶著疤痕，提醒自己別再犯同樣的錯。

雖然「失敗」給了我們很好的教訓，但我們卻不該自找無謂的失敗。每位表現頂尖的運動員，都懂得「對身體施壓是必要的，但復原也不能馬虎」，如果了解這番道理，許多衰敗都是可以預防的。因此，馬拉松選手會在重要比賽前休養生息。環法自行車競賽中實力最強的選手，在春季只騎幾次自行車傳統賽，好讓自己在七月時達到顛峰。同樣地，我們要了解自己的長短程耐力，認知長到最高並非一蹴可及。勵志演說家羅賓斯（Anthony Robbins）在《喚醒心中的巨人》（*Awaken the Giant Within*）中提出觀察：「多數人高估自己一年內能完成的事，同時低估自己在十年內能完成的事！」想想樅樹，因爲它的不耐煩，於是失去了長成巨大長青樹的機會。

職場的「運動員」是製造壓力的能手，卻是復原的菜鳥。我們需要學會設定疆界，熟諳自己的韻律，並享受一路上的樂趣。我們必須停止逼迫自己，用正常的步調前進。

思考的時間

樅樹靠牆站著，左思右想。

我們需要時間來思考。我不是主張把更多時間花費在那些使我們與生命脫節、不斷打擾心靈的分心事物，但我們的確需要時間，來思索使自己與生命本質產生連結的更深刻問題。不要因爲某件事使我們外表光鮮，便自動將它排入時程表，而要去思考那件事是否眞的重要。我們必須自問，是否這是我們夠關心，以致付出最多心力、花最多時間思索、奉獻寶貴青春或剩餘歲月的事。做這事有趣嗎？它會幫助我長成我想要長成的人嗎？

在哈佛，許多學生等不及發光，於是在他們的時代來臨前，就已經到達顚峰。院長路易士（Harry R. Lewis）意識到這一點，於是要新鮮人放慢腳步，少做些有的沒的，多從學校學點東西。路易士院長不是想對學生的成就潑冷水，然而他堅信，如果學生有時間休閒與獨處，將可以走更遠的路。他警告學生不要在平日作息塞進太多活動，以致沒時間思考做這些事的理由。他堅信，最寶貴的莫過於擁有選擇的自由，唯有容許無事先計畫的時間與彈性，才得以保有這樣的自由。

很多人就像那些雄心勃勃的學生，把自己的行程排得滿滿的，幾乎沒有喘息餘地。但基於某種原因，我們似乎把「忙碌」和「身分地位」畫上等號，在一天當中完全不留空間。於是，我們爲了有效率，往往跳過問「爲什麼」，直接來到「如何」。

我在主持富蘭克林・柯維爲期一週的高階主管靜修營時，會留給領導者一些時間，思考自己的工作、領導方式和成果。這項活動在各個山區的休閒度假勝地舉行。第一天，參加者經常利用下課時間打電話回辦公室，接下來幾天，他們更喜歡望著山上的燈光，和小溪裡的魚。第一天晚上，他們隨便吃點什麼當晚餐、繼續工作並打電話回家，還一面用眼睛掃瞄報紙頭條，一面回覆留言。然而，當他們定下心來，就會一路健行到瀑布區，打電話專心談天，不然就是坐在火爐邊，分享彼此的故事，而且不是經過演練、爲了跟大夥打成一片而刻意蒐集的奇聞軼事，而是分享自己如何受傷而後療癒、一些意外獲得喜悅的故事。一星期過去，他們和自然、和彼此、和自己更加親近。他們的頭腦放慢，於是心跟上了。他們知道什麼才重要。

不過，儘管靜修與反省幫助我們專注，但兩者的效果往往是短暫的，除非我們

每天設法製造「迷你靜修」，也就是創造一點空間來冥想什麼是有意義的、什麼能使能量流動。

我有個同事，在上下班途中會關掉手機，利用這段時間聽音樂；有幾位客戶會等到早上十點左右才檢查留言，讓自己好好去做一些重要的事；有些人會在午餐時間挪出十分鐘，反省一整個上午並整理思緒，而不是一頭鑽進下半天；許多人則喜歡趁著溜狗時，想想今天過得如何，更有人每週或每季定期反省。一位加拿大律師告訴我，她跟丈夫把大半時間花在工作和照顧長輩，以致沒有時間留給自己和彼此。於是，身爲猶太人的他們開始舉行安息日儀式，結果這段用來休息、情感交流和宗教朝拜的時間與空間，竟成了他們生命中的綠洲。有位瑞典經理說，他在每季評估完企業績效後，會花一整天健行，思索自己的表現和幸福的意義。

如何爲自己的生活創造思考空間？如何在壓力和復原之間求得平衡？

你如何少做個「人累」、多做個「人類」？

● 與核心接軌

明天，我將好好享受一切光彩。

我們就像樅樹，等不及要發光。但是，當我們過度重視附加的事物，太在意光鮮燦爛的事，就會脫離我們的內在核心。因此，也許我們正啜飲著美酒，但卻得先看標籤，才能判斷自己喜不喜歡。爲了再度與內在核心接軌，你可以多加留心自己的經歷與生活模式。你記得在還擁有的時候感激一切嗎？你能把心靜下來，享受生命的單純時刻嗎？你全心全意從事創造性的計畫嗎？如果是，你從生命獲得的喜悅，將多過那不幸的小樹。

樅樹總是錯過生命的單純喜悅，例如微風輕拂臉龐，或者水的冰涼滋味。當樅樹告訴老鼠，自己在樹林度過的年輕歲月，老鼠讚嘆道：「天哪！你以前一定開心極了！」這時樅樹才醒悟，過往時光確實很美好。可惜的是，即使老鼠們對耶誕夜和「Klumpe-Dumpe」的故事反應熱烈，但樅樹卻沒有察覺到自己多麼享受與老鼠們共度的時光。

關於「Klumpe-Dumpe」，讓我發表一下「異見」。幾乎所有英文版本，都把丹麥文的「Klumpe-Dumpe」翻譯成「Humpty-Dumpty」，創造一種語音近似、實則誤導的英文翻譯。有一首知名兒歌有這麼一句：「所有國王的馬和侍從，沒辦法再把「Humpty-Dumpty」湊成一塊了。」顯然這傢伙到最後並沒有抱得佳人歸。對比之下，「Klumpe-Dumpe」的故事可以被歸類成「傻人有傻福」的故事。這類故事的主人翁往往無憂無慮、隨遇而安，栽了幾個跟頭，但因爲沈著以對，終於獲得財寶或公主。這種傻瓜主角總是愛熱鬧，喜歡有小老鼠作伴，並反擊粗魯無理的大老鼠。他不知是有點傻抑或愛耍花招，事情發生他就接受，提醒大家生命是甜美的。很遺憾，樅樹關注的是故事情節，而不是故事的精神，於是開始幻想起公主來。樅樹沒有學到眞正教訓，並享受老鼠的相伴，反而心猿意馬，對燦爛前途做起白日夢。我們是否也犯過類似的錯？

你的模式是什麼？你感激此時此地所擁有的嗎？如果不是，舉行一個小型感激儀式會有幫助。有位好朋友的兩歲女兒每到睡前，就會把每個認識的人的名字唸一遍。這是小麗比自創的儀式，她面帶笑容一一唱名，顯然是在細數她的幸福有多少。比較常見的作法是寫感謝日誌，儘管我從來做不到，但我喜歡這種概念。

不過，近來我聽說一種連我都辦得到的例行公事。幾個月前，有個廣播節目〈心海無垠〉探討「滿足」這個主題。一位研究者提出該主題兩項研究的最新發現：每天晚上花幾分鐘，記錄一天當中有哪些值得感謝的事的人，很明顯地比比較積極正向、好相處，且往往喜歡運動。如果每週記錄一次效果有限，不妨改成每天記錄。

雖然，以感激的心回顧一天是有幫助的，然而更好的，是在事情發生的當下就樂在其中，包括咖啡的香氣、橘子的滋味，或是貝多芬第九號交響曲的旋律。但是，最初的印象最容易散失，如同當我們品嚐第一口，我們就分心了。爲了充分活在當下，我們可以藉由冥想、靜思、禱告、瑜珈或太極等歷久不衰的訓練來沈澱心靈。但是，最需要以上這些訓練的人，卻往往是最不安於其中的人；就算知道它的價值，卻又因爲太忙碌或疲憊而無法貫徹，於是我們癱坐在電視前，慣性「吞服」千篇一律的節目，殊不知「消極」是無法帶來幸福的。

幸好，除了冥想儀式外，還有一種很積極的作法，幫助自己活在當下。最有效的方式之一，是從事創造性工作，也就是那些感覺值得去做、延伸極限、使自己更能幹的事。教養子女就很有創造性。很多人把全部的專注力，放在跑步、打高爾夫球、唱歌、繪畫或從事園藝。有一陣子，我的創造性工作是騎自行車一百哩。我到聖塔摩尼卡山區鍛鍊，竭盡所能驅策自己、漸次提升斜度，而後沿著穆荷蘭大道一路騎下坡，對大石塊和路面坑洞高度警戒。但是，一騎上太平洋海濱公路，我又開始分心，想著下一回的世紀行程，或者工作上的問題。不管怎樣，有段不算短的時間我是全神貫注，充分感覺到自己生氣蓬勃。

有趣的是，根據暢銷書《流動》（*Flow*）的作者西克斯詹特米哈里意（Mihaly Csikszentmihalyi）的說法，人在工作時，最常提及自己感受到快樂、有活力、處在「流動不息」的狀態，那是因爲我們在家裡往往是消極的，或者只從事例行活動，而工作則讓我們有更多機會從事新鮮、具挑戰性或發揮創造力的事。當我們與上司培養關係，因而獲得某種程度的自主權、變化和彈性時，最可能產生流動感。此外，並非所有工作計畫都會帶來相同的效果。我們在挑選工作計畫時，往往是依據哪些工作能獲得最多肯定，然而，這麼做往往使我們活在表面；如果能選擇最能帶來成就感的工作計畫，就可以觸及內心，與自己的本質接軌，讓能量自由流動。

「活在表面」迥異於「和本質接軌」。縱樹老是心猿意馬，想著接下來會怎樣，不然就緬懷以前怎樣。此外，縱樹總是在煩惱些什麼，所以從沒有眞正活過。而它最後的嘆息充滿悲劇意味。幸好，我們不必犯同樣的錯，無須把注意力和精力，浪費在煩擾我們，或是對生活產生不滿的諸多理由。相反地，我們可以用心生活，把完整的自己交給一些值得去做的事。於是，我們最後的嘆息也許是因爲心滿意足，因爲知道自己已經活過。

想一想……

● 你正在進行哪些計畫？哪些能讓你充分發揮，幫助你成長？

● 你如何為自己保留一方復原的空間？

跟同事聊一聊……

● 我們何時是完全用心的；我們何時體驗到流動感？

● 為了讓工作中出現更多變化、更有意義的挑戰和更多試驗，我們該怎麼做？

夜鶯

只要用心，就可以全心全意地活。

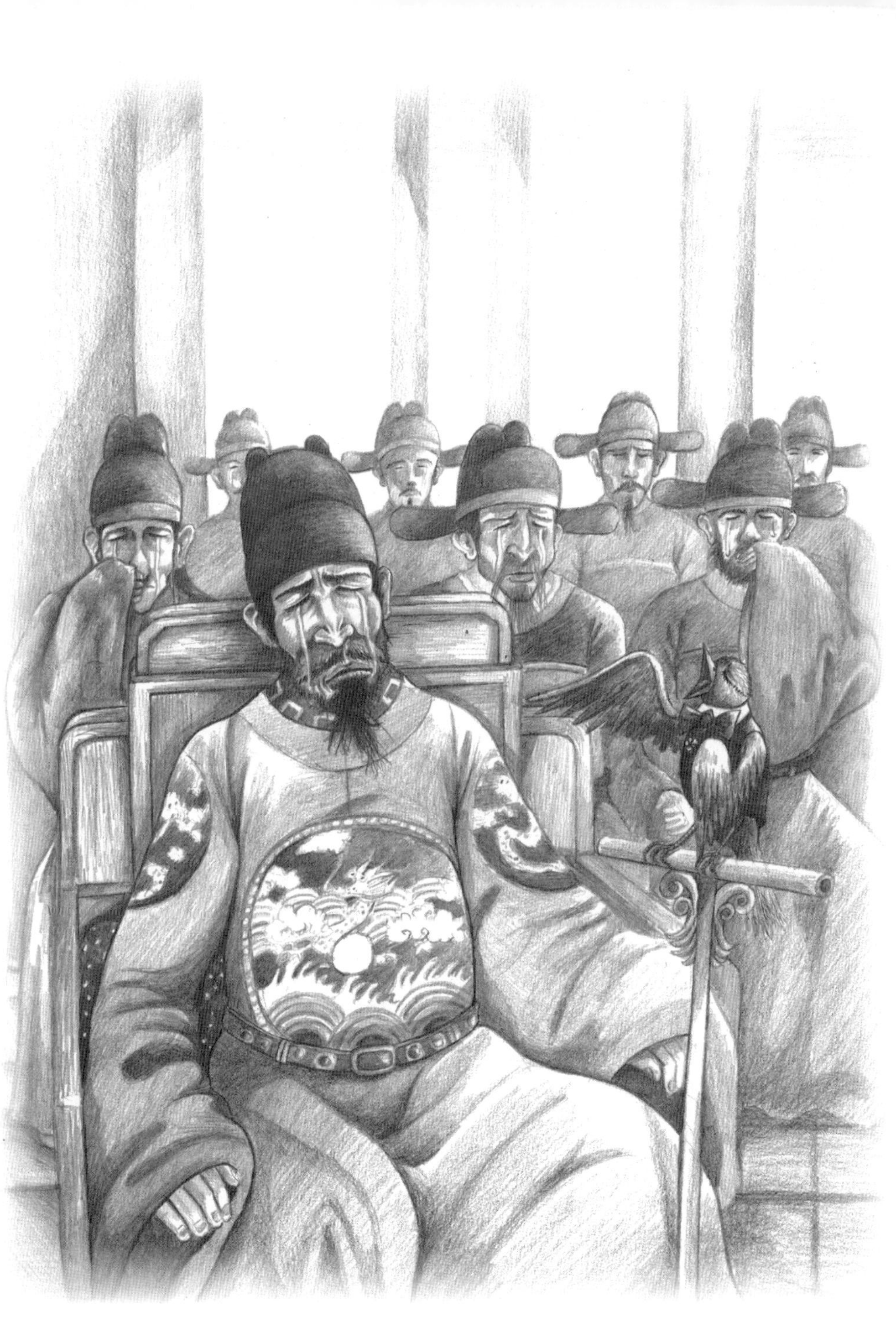

夜鶯從生活中得到喜悅。

在這個生動有趣的故事中，有一隻迷人的夜鶯，再加上威風凜凜的皇帝、一位自以爲是的音樂大師，和忙進忙出的大臣。這個故事引申出兩個重要問題。

你認爲自己的工作有何價值？這個問題引領我們思考自己的工作方式。我們對專家的地位和權威的尊崇，是否經常超過眞正的本領？我們是否信賴理性勝過情感，是否重視數據大過直覺，或是偏好可預期的表現，勝過令人驚豔的出色表現？

是什麼使你想歌詠心懷？故事中提出的爭議點在於動機。故事中的人物大多被黃金、頭銜和掌聲所誘，所以皇帝便賞賜恩寵、金脫鞋和頭銜。對比之下，夜鶯生命力量的泉源來自大自然、事物的意義、親密感與自由，而這一切都不是皇帝所能掌控。這些衝突不僅存在這個故事中，也發生在許多人的職場生涯中。

當你閱讀以下的故事，想想這些問題：你喜歡故事的哪個部分？故事中哪個部分與你切身相關？你從自己的工作經驗中，是否聯想到任何具有夜鶯、皇帝和樂師特質的人？

安徒生說故事

有隻夜鶯棲息在樹枝間，牠的歌聲婉轉動聽。

「夜鶯！我怎麼完全沒聽說？今天牠一定得來唱歌給我聽。」皇帝說。

「我的歌聲，在户外的青翠樹林中才是最美的。」夜鶯說。

夜鶯的歌聲優美極了，連皇上都流下兩行清淚，但夜鶯婉拒了皇上的賞賜。

機器鳥一上緊發條，就唱出眞鳥般的美妙旋律，鳥尾巴還會忽上忽下，閃耀著金色和銀色的光彩。

每個中國人，對機器鳥唱的每首歌都能朗朗上口。

皇上面色蒼白地躺在大床上，月光灑在皇帝和機器鳥的身上。

沒人替機器鳥上發條，所以唱不出來。

小夜鶯聽見皇帝的懇求，便飛過來唱歌安慰他。

夜鶯輕唱，皇上睡得香甜，在睡眠中靜靜康復。

各位都知道，中國的皇帝是中國人，他周遭的也是中國人。這個故事發生在很多年前，但也因爲如此，所以值得在被人遺忘前說出來。皇宮是全世界最華麗的所在，全部是用稀有的精緻瓷器建造而成，但卻相當脆弱，所以觸碰時得小心翼翼才行。花園有最奇特的花，花上綁著響噹噹的銀鈴，路過的人想不注意都難。總之在皇帝的花園裡，一切都經過精心安排。

花園占地廣闊，就連園丁都不知道盡頭在哪裡。如果一直走下去，就會來到最美的樹林，那裡有高聳的樹和深湖。樹林直接通往湛藍深邃的海，船隻就在樹枝下方航行。有隻夜鶯棲息在樹枝間，牠的歌聲婉轉動聽，就連自顧不暇的貧困漁夫，在晚間外出灑網時，都會駐足聆聽。「天哪！多美的歌聲啊！」漁夫讚美道。但是他得去幹活，便把夜鶯給忘了。第二天晚上，夜鶯再度歌唱時，漁夫又聽到了，他再度讚嘆：「天哪！多美的歌聲啊！」

世界各地的旅人來到皇帝所在的城市，他們對城市、宮殿和花園的華美讚不絕口。但是，當他們聽見夜鶯的歌聲，便異口同聲地說：「這才是最棒的！」

旅人返鄉後總會說起夜鶯。有學問的人寫了很多描寫這個城市、宮殿、花園的書，但他們從沒忘記夜鶯，因爲牠才是無與倫比。詩人紛紛寫出美妙詩句，句句都是關於在深海邊、樹林裡的那隻夜鶯。

這些書在世界各地發行，有些甚至繞了一圈，回到皇帝手裡。皇帝坐在黃金打造的王位上一讀再讀，他點頭如搗蒜，因爲他忒愛聽到人們讚美他的城市、宮殿和花園。「不過，夜鶯才是最棒的！」書上寫著。

「這是什麼？」皇帝說。「夜鶯！我怎麼完全沒聽說？而且竟然在我自己的花園？聽都沒聽過！竟然得看書才知道！」

於是他把總管召來。這位總管高高在上，任何較低階的人膽敢跟他說話，或請他做任何事，他唯一的回答是：「呸！」——不代表任何意義。

「據說，此地有隻很了不起的鳥，名叫夜鶯！」皇帝說。「據說，牠是朕偉大帝國的上上之物！爲什麼沒人跟朕提起？」

「小的從沒聽人提過！」總管說。「從沒有人把這玩意兒帶進宮！」

「今天牠一定得來唱歌給我聽。」皇帝說。「這下子全天下都知道朕有這隻鳥，而朕竟然一無所知！」

「小的從沒聽人提起，」總管說。「可小的會去找來，小的必當找到！」

話說回來，要到哪裡找呢？總管在樓梯跑上跑下，跑遍各個宮院和迴廊，但遇到的人全都沒聽說過夜鶯，於是總管連忙稟報皇上，說夜鶯可能是子虛烏有；換言之，是寫書的人所杜撰。「皇上千萬別相信白紙黑字的東西！那全是虛構，即所謂無中生有！」

「可是，朕所讀的書，」皇帝說，「是日本天皇所贈，不可能有假。朕要聽那夜鶯鳴啼！朕下令牠今晚就得來這裡！朕將給予最高賞賜！如果牠不來，全宮中的人在晚膳過後，將受鞭腹之刑！」

「遵命！」總管說。於是，他再度在樓梯跑上跑下，穿越各宮院和迴廊。宮裡有一半的人不想挨揍，於是也跟著奔走打聽。他們全都在打聽那隻了不起的夜鶯，但宮裡沒有任何人知道。

最後，他們在御膳房遇到一個可憐的小女孩，她說：「天哪，夜鶯！我知道！是的，牠眞能唱！每天晚上，我被允許帶幾樣剩菜，回到海邊的家給我生病的母親，當我走路回家，在樹林喘口氣時，就會聽見夜鶯的歌聲，於是我感動落淚，因爲歌聲彷彿母親的親吻。」

總管宣布：「倘若御膳房小廝帶我們找到夜鶯，她將在御膳房獲得永久職位，並獲准服侍皇上用餐，因爲皇上傳夜鶯今晚進宮。」

於是，一行人出發前往樹林，來到夜鶯通常鳴啼的地方，宮中半數人都跟來了。他們一路走，一頭牛「哞」地叫了起來。

「啊！」侍臣說。「這可找著了，如此渺小的生物竟有如此不尋常的力量。我肯定聽過那聲音。」

「不是的，那是牛在叫，」御膳房的小廝說。「還早著呢。」

這時候，青蛙在池塘裡「呱呱」叫了起來。

「多美妙啊！」宮廷祭司說。「這下子我可聽見了，眞像那廟堂裡的鐘聲！」

「不是的，那是青蛙！」御膳房的小廝說。「不過，我想我們很快就會聽見。」

然後，夜鶯開始歌唱。

「那就是了！」小女孩說。「聽！聽！牠在那兒呢！」說著，她指向樹枝間的灰色小小鳥。

「有可能嗎？」祭司說。「我從沒想過牠長成這樣！多平凡啊！一定是太多顯要之士來訪，令牠色彩盡失。」

「小夜鶯，」御膳房的小廝大聲喊道：「皇上盼望你爲他鳴唱！」

「榮幸之至，」夜鶯說，於是牠興高采烈唱起歌來。

「像玻璃鈴鐺一樣清亮呢！」祭司說。「看那小巧的喉嚨，牠是怎麼使用的？怪道我們怎麼從沒聽過，到宮裡肯定造成大轟動。」

「我要不要再爲皇上獻唱？」夜鶯問，牠以爲皇帝也來了。

「我了不起的小夜鶯啊，」祭司說。「我以無比的榮幸，傳你參加今晚宮中的慶典，你將用最美妙的歌喉，令當今聖上陶醉其中！」

「我的歌聲，在戶外的青翠樹林中才是最美的。」夜鶯說，但是當牠聽到皇上想聽，仍然欣然前往。

宮殿裡的所有東西都經過精心擦拭磨光，用瓷器打造的牆和地板，晶亮得有如上千具金黃色燈火般的耀眼。迴廊兩旁盡是美麗的花朵，還不時發出叮噹響。跑來跑去的人來去一陣風，吹得鈴鐺響叮噹，也擾亂人們的思緒。

皇帝坐在大殿正中央，那裡有根金黃色的棲木供夜鶯站著。宮中全員到齊，御膳房的小廝也獲准站在門後，因爲如今她獲得「正式廚傭」的頭銜。每個人都穿戴上最好的行頭，大夥注視著那灰色的小鳥，皇帝向牠點了點頭。

夜鶯的歌聲優美極了，連皇上都流下兩行清淚，於是夜鶯唱得更帶勁，歌聲直入人心。皇上相當滿意，他說他將賞賜夜鶯一雙金脫鞋，讓牠掛在頸子上，但夜鶯婉拒了，因爲牠已經得到獎賞。

「見到皇上掉淚，就是最稀世的珍寶！皇上的淚有種神奇的力量，上蒼知道我已經獲得獎賞了！」接著，夜鶯又用那天賜的甜美歌聲吟唱。

「用歌聲來調情是多麼迷人啊，」在場女性讚嘆著。她們把水含在嘴裡，萬一有人同她們說話，就可以發出鳥鳴，因爲她們以爲自己也是夜鶯。連腳夫和丫鬟都表示此心足矣；這可是意義非凡，因爲他們是最難取悅的一群。的確，夜鶯的演出肯定是大大成功！

現在，夜鶯留在宮裡，有了專屬的鳥籠，加上白天外出蹓躂兩次、夜晚蹓躂一次的自由。夜鶯被賜予十二位僕人隨侍在側，每個人都牽著綁在夜鶯腳上的絲線，這樣子散步完全沒有樂趣可言。

全城都在談論這隻不可思議的鳥。每當人們相遇，其中一個人會說：「夜！」而另一位就會說：「鶯！」接著便同聲嘆口氣，一副心有靈犀的樣子，不只如此，有十來個肉販的孩子都取名「夜鶯」，儘管他們全都五音不全！

一天，皇帝收到一個大包裹，外頭寫著「夜鶯」的字樣。

「一定又是關於這隻名禽的新書了！」皇帝說。但那不是書，是個裝在盒子裡的小小藝術品。原來是一隻幾可亂眞的機器夜鶯，只不過它身上裝飾著鑽石、紅寶石和藍寶石！當機器鳥一上緊發條，就唱出眞鳥般的美妙旋律，鳥尾巴還會忽上忽下，閃耀著金色和銀色的光彩。在它脖子上有根小緞帶，上頭寫著：「相較於中國皇帝的夜鶯，日本天皇的夜鶯可說是廉價至極。」

「好可愛！」眾人異口同聲地讚美。於是，那個送來機器鳥的使者，立刻被冊封爲「聖上夜鶯使者」。

「現在，兩隻鳥可以一同獻唱。肯定是天下無雙的重唱！」

於是牠們一起歌唱，但進行得不太順利，因爲眞的夜鶯用自己的方式唱，機器鳥則是機械式地不斷重複。

「不是它的錯，」樂師替機器鳥辯護。「它的拍子準確極了，而且跟我的演奏很合。」機器鳥便自個兒唱起來，跟眞鳥一樣精采；而且機器鳥外表賞心悅目，就像手鐲和袖扣那般光彩奪目。

機器鳥唱了同一段旋律三十三次，還不嫌累。大夥還是興沖沖要從頭再聽一遍，但是皇上認爲，現在該讓活的夜鶯表現一下。問題是，牠到哪裡去了呢？沒人發現牠早飛出敞開的窗子，回到綠色森林去了。

「噯，這怎麼回事？」皇上說。臣子同聲譴責夜鶯忘恩負義。

「幸好還有最好的鳥，」他們說，於是機器鳥再唱一次，那是第三十四次表演同一首曲調，但大家還是記不起來，因爲它複雜極了。樂師對這隻鳥讚不絕口，並向大家保證比眞夜鶯更好；它不僅有鑽石點綴的耀眼外表，它的內在也一樣完美。

「皇上，您瞧瞧這，眞夜鶯令人難以捉摸，但機器鳥的一切皆有定數，它說一不二！」樂師說。誰都講得出個所以然，可以打開它，展現人的思維，了解音樂的轉輪在哪裡，以及如何移動和移動的順序。」

「跟我想的一樣。」眾人異口同聲地說。接下來的禮拜天，樂師獲准將機器鳥示眾，因爲皇上說，也該讓百姓聽聽悅耳的鳥鳴。於是群眾大飽耳福，那種痛快的感覺就像品嘗中國人最愛的茶一樣。大夥齊聲讚美道：「好！」一面伸出大拇指，一面點頭，不過，聽過眞夜鶯唱歌的窮漁夫卻說道：「聽起來是不錯，外表也挺相似，但就是少了點什麼。我也說不上來！」

於是，眞夜鶯被驅逐出境。

現在，機器鳥得以在皇上床邊的絲質靠墊棲身，被黃金和珠寶所圍繞。在頭銜上，機器鳥晉升爲「聖上床邊歌者」；在官階上，它是皇上左手的第一等。皇上認爲左側象徵顯貴，因爲心臟在左側，皇上的心臟也在左側。樂師撰寫了二十五巨冊有關這隻機器鳥的專書，這些書博大精深且長篇累牘，使用最艱澀的中文字句。人人都表示自己讀過且能融會貫通，要不然就被視爲愚蠢，肚子上挨一頓揍。

就這樣，一年過去了。皇上、宮裡和每個中國人，對機器鳥唱的每首歌已經都能朗朗上口，但那正是他們最喜歡它的理由；因爲他們可以跟著唱，而他們也這麼做。街上頑童唱著「唧唧！咯咯咯！」皇上也這麼唱！眞的好可愛呀！

有一天晚上，當皇帝在床上歇息，聆聽機器鳥唱歌時，鳥的身體發出「啪躂！」的聲響。有東西斷了。「嚕！」輪子全都亂轉一通，音樂戛然而止。

皇帝從床上一躍而起，把御醫傳了進來，但御醫束手無策！於是，他們又找來鐘錶師傅，他看了半天，發表長篇大論的診斷結果後，總算把鳥組裝回去。不過他說，這隻鳥只能偶而演唱，因爲內部齒輪已經嚴重磨損，就算更換，也無法保證會跟以前一樣。多令人難過呀！於是他們只敢讓人工鳥一年唱一次，即使這麼一次也相當不容易。不過，後來樂師發表了一番談話，用了一堆艱深的字眼，宣稱那隻鳥已經恢復原狀，大家便信以爲眞。

五年過去了，全國瀰漫一股哀傷氣氛，因爲據說他們愛戴的皇帝病入膏肓，繼任皇帝已經選出。百姓擔憂地走上街頭，詢問祭司有關皇上的狀況。

「呸！」他搖搖頭。

皇上全身冰冷、臉色慘白，躺在華麗的大床上，宮裡的人都以爲他死了，紛紛上街迎接新皇帝。腳夫出去散播消息，丫鬟們喝咖啡聊八卦，各宮院和走廊垂下布幕，阻隔了腳步聲，四周靜悄悄，什麼都聽不見。不過，皇上尚未駕崩。他面色蒼白，全身僵硬地躺在大床上，床的四周圍起絲絨長布幔，上面有厚重的金色流蘇。高處的窗戶敞開，月光灑在皇帝和機器鳥的身上。

可憐的皇上幾乎無法呼吸，好像有東西壓在胸口似的。他張開雙眼，才知道原來是死神坐在他的胸口。死神戴上皇帝的金冠，一隻手握住皇帝的寶劍，另一手拿著皇帝的令旗。在皇帝四周，就在天鵝絨大布幔的皺褶裡，幾張奇特的臉孔正向外窺視；有些臉孔很嚇人，有些則溫暖柔和，讓人看了很愉快。原來是因爲死神逼近，於是所有過往的惡行和善行都盯著皇帝看。

「你記得嗎？」他們紛紛輕喚著。「你記得嗎？」他們講起皇上這一生做過的事，汗水從皇上的前額流下。

「我從來不曉得！」皇上說。「音樂、音樂！大鼓呢？」他大吼，「這樣我就不必聽他們叨唸了！」

但他們不肯停。死神用中國人的方式，對這些奇特臉孔所說的每件事點頭稱是。

「音樂、音樂！」皇上大吼。「你這享福的小金鳥，給我唱啊！我可是賞了你金銀財寶，還親自把金脫鞋套在你的脖子上呢。唱啊！唱啊！」

那隻鳥仍然不動。沒人替它上發條，所以唱不出來。這時，死神繼續用空洞的眼窩注視皇帝。一片死寂，安靜得可怕！

就在那一刻，窗外傳來相當動聽的歌聲，原來是眞的小夜鶯坐在外頭樹枝上。牠聽見皇帝的懇求，便飛過來唱歌安慰他，鼓勵他。夜鶯一邊唱，布幔上的臉孔愈來愈蒼白，皇上衰弱的四肢卻逐漸紅潤起來。死神也聽見了歌聲，說道：「繼續唱，小夜鶯，繼續唱吧！」

「好啊，只要你給我那把金寶劍！只要你給我大令旗！只要你給我皇冠！」

死神用一樣寶物換一首歌，於是夜鶯便繼續唱，牠唱著有一片安靜的墓地，那裡長著白玫瑰，接骨木的香氣洋溢空中，痛失親友者的眼淚灌溉了青草。於是，死神開始渴望它自己的花園，然後它像一陣白色的冷霧般飄出窗外。

「謝謝你！謝謝你！」皇上說。「你這上天派來的小鳥，朕認識你。朕將你驅逐出境，而你依舊用歌聲，把那些邪惡的臉孔從朕的床邊驅走，趕走朕心中的死神！朕該如何賞賜你？」

「皇上已經獎賞過我了！」夜鶯說。「我第一次爲皇上獻唱時，您已經把眼淚給了我。我永遠忘不了。那些淚是觸動歌者內心的珠寶。現在請好好睡，讓身子趕快好起來！我會爲您歌唱的。」

於是夜鶯輕唱，皇上睡得香甜，在睡眠中靜靜康復。

當皇上醒來時，陽光照在他的臉上。他的身子變壯，人也變得健康。沒有一個僕人回來，因爲他們都以爲皇上駕崩了，只有夜鶯還坐在那兒歌唱。

「朕要你一直守在身邊。」皇帝說。「你將可盡情歌唱，朕要把那機器鳥碎屍萬段。」

「萬萬不可！」夜鶯說。「它鞠躬盡瘁，就饒了它吧。我沒辦法在皇宮築巢而居，請讓我在得便時再來見皇上吧。我將會在晚上過來，坐在窗邊樹枝爲皇上獻唱，讓您喜悅滿盈。我將唱出幸福與受苦的人，也將唱出您看不到的惡與善，小小的鳴禽要飛得又高又遠，飛到窮苦的漁夫，飛到農夫的屋頂，飛到每位與宮殿相距甚遠的人那裡。儘管王冠如此神聖，我愛皇上的心，更勝您的王冠；我將會爲皇上歌唱，只是您必得答應我一件事。」

前。

「儘管說！」皇上說。他已經自己穿上龍袍站著，把那沈重的金寶劍高舉至胸前。

「我只求您一件事。請別告訴任何人，您有隻小鳥什麼都會跟您說，那麼一切將更加好轉。」

說著夜鶯便飛走了。

最後，僕人們總算來探望他們「駕崩」的皇上，結果他們全目瞪口呆。只見皇上精神抖擻地說：「各位，早上好！」

故事的應用

夜鶯的歌聲，代表我們內在的眞實生命力；它象徵我們的本質、存活於世的主要方式、天賦與熱忱、特有能量，以及眞實力量。這股能量無法被咖啡因、甜食、

你知道嗎？

〈夜鶯〉的發想和兩事有關，一是哥本哈根的提佛利花園，二是作者安徒生和優秀歌手珍妮·林德（Jenny Lind）的一段情誼。林德在她那個年代，被譽爲「瑞典夜鶯」。

一八四三年八月，提佛利花園剛落成。那是個神祕迷人的地方，有中國寶塔、五彩燈籠、孔雀、煙火、湖、花朵、餐廳、劇院，還可以供遊客騎馬。次月，珍妮·林德首度在哥本哈根演唱時，安徒生和她見了面。其後，林德在維也納大受歡迎，在倫敦應邀與維多利亞女王茶敘，並到美國演唱。

一開始，安徒生覺得林德平凡無奇，但是一聽見她的歌聲，他就被擄獲，深深愛上了她。然而，生性浪漫的安徒生，似乎比較喜歡戀愛的感覺，而非建立一段成人的戀愛關係，所以他甚至在給林德的告白信中，提出自己不夠格的幾個理由。至於林德，她從未對這位寫信的人產生情愫，一直視他爲兄弟。

〈夜鶯〉是在一股突然湧現的驚人創造力下所寫成。安徒生於一八四三年十月十一日的日記中寫到：「在提佛利花園，開始寫中國童話故事。」第二天晚上的日記寫道：「在家吃飯，有訪客，完成中國故事。」

安徒生很少在朗讀會中唸〈夜鶯〉。但是，我們從他的書信中得知，他在多次參訪德國威瑪共和期間，於一八五二年的某次參訪中讀了這個故事。這個故事是作曲家李斯特（Franz Liszt）的最愛。

受歡迎程度、打氣的話或獎金等不實在的刺激物而激發。能量也不會浪費在日常瑣事上；相反地，這股能量將會在面臨有意義的挑戰、誠心參與和全心全意的付出之際散發出來。

比莉．哈樂黛（Billie Holiday）那醇厚原味的嗓音，就是眞實力量的絕佳範例。由於她相當具有天賦，即使在發音上能力受限，也變得無關緊要。一開始，製作人拿了普通的歌曲讓她灌錄，她卻爲這些歌詞與旋律注入豐富的生命，於是很快便受到矚目。如今，當我們匆忙到商店購物，或是到咖啡館草草用餐——就像〈夜鶯〉裡那個忙碌漁夫——我們都會被店裡流瀉的哈樂黛歌聲感動。雖然哈樂黛的生活就許多方面來說並不令人認同，但那是她的人生，也是她存在這個世界的特有方式。

不過，並不是所有知名藝術家、運動家、科學家、專業人士或企業人，都像哈樂黛那樣盡情表現自己。相反地，許多人機巧地運用自己的知識和才能，這樣的刻意就像那機械夜鶯，表面上美麗大方、閃閃動人且令人喜愛，卻欠缺深度或發自內心的情感。

我們就像這樣的藝術家，對自己的才能吝嗇或者慷慨。大多數人感受到績效的壓力，於是不斷精簡成本並提高生產力，到頭來卻因爲負荷過重或不甘心，於是敷衍了事。這是忘記對自身潛能的應盡責任。

所幸，我們有不同的選擇。在這個故事中，我們將受這隻小夜鶯啓發，開發自己的潛能並全心投入。有些人或許認爲這種人生觀流於理想化，但那也沒什麼不好，因爲世界需要理想主義者。此外，這不表示我們必須放棄成爲注重實際的人。看看夜鶯，牠對人性既不是全無概念，也絕非天眞無知。

接下來，我們還要檢視幾股試圖壓抑生命活力與朝氣的力量；包括皇帝象徵的權力地位，以及樂師象徵的專家力量。這些是每個人的內在傾向，因而反映在職場上。最後，我們將被鼓勵以眞正的力量，來抵擋權位和專家的力量。當我們與自身的本質接軌，並付諸自己獨特的存有方式時，就有能力做到這點。

以夜鶯為師

夜鶯的歌聲婉轉動聽，就連自顧不暇的貧困漁夫，在晚上外出灑網時，都會駐足聆聽……

你如何觸碰眞正的力量，和自我的一部分？〈夜鶯〉教你怎麼做。多唱歌，少生氣，與力量的來源連結，並且盡情歌唱。

・多唱歌

夜鶯愛唱歌。牠每天唱，提振了疲憊的漁夫，也提振皇帝。一段時間下來，夜鶯成爲歌唱家，當皇帝感動落淚時，牠唱得更賣力。當死神坐在皇帝胸口，這隻小鳥的歌聲如此嘹亮強健，連死神都不得不讓步。你的工作令你精神大振嗎？你喜歡你工作的方式嗎？與你共事的人，是否激發出你最優秀的部分？

集中營的倖存者柯恩（Sam Cohen），在紐約上城的「沙巴」雜貨舖熟食櫃台工作了四十六年，這裡也是我在紐約最愛光顧的熟食店。他每週工作六十小時，把一對兒女一路栽培到醫學院。柯恩用他的「歌聲」撫慰大家的心。他不僅是鮭魚切片的能手，也會「厚臉皮」地跟女性搭訕，見到男性則像朋友般地寒暄，他總是爲周遭的人帶來好心情。

•少生氣

故事中，大部分百姓並不知夜鶯的眞正才華何在，只是應和輿論或專家的看法；他們分不出美妙的旋律和青蛙叫有何不同，也搞不清楚眞正的才華，與包裝精美的表演有何差異。但是，夜鶯並不因爲受到誤解而嘀咕或抱怨，它仍然繼續唱下去。你是否感覺自己的價值被低估、應該得到更高的薪資，或是被疲軟的就業市場困住？如果是，你是否只是成天發牢騷，而不肯花時間培養專業技能？

二十世紀的西班牙作曲家羅德里哥（Joaquin Rodrigo, 1901-99），早年的生活相當坎坷。他童年失明，在西班牙內戰時成了難民。即使如此，他始終不改熱愛音樂的初衷。羅德里哥想做西班牙音樂，而不是一般大眾喜歡的愛國鬥牛舞（espanolada）；他想做現代音樂，而不是評論家稱道的前衛音樂。因此，一般大眾認爲他的古典樂作品太嚴肅，樂評家卻又嗤之爲輕音樂，但是羅德里哥並未因此感到不悅，他淡淡地說：「我的杯子或許不大，但我用它喝水。」他爲人謙卑，事實上，他創作出優美的〈阿蘭費茲吉他協奏曲〉，且獲得許多國際獎項與殊榮。

．與自身力量的泉源緊密連結

儘管夜鶯帶給人愉悅，但牠卻不容易被收買。雖然其他人汲汲營營地滿足皇上每個突發奇想，夜鶯卻勇於婉拒皇上賞賜的金脫鞋，後來更悄悄離開宮殿。不是因爲牠自私小氣，而是牠知道自己更需要接受樹林和自由的滋養，才有能力爲他人打氣。所以說，唯有連結能量的泉源，才能保有力量。什麼會讓你分心、使你枯竭？什麼使你專注並給你滋養？你應該對什麼說「不」？

許多商人和運動員，在激烈的競爭中得到能量。八〇年代的湖人隊和塞爾提克隊，統治了籃球王朝，其中，魔術強森（Magic Johnson）和賴瑞・伯德（Larry Bird），在關鍵時刻領導各自的隊伍。兩人都因爲對手的存在而精神百倍，卯足勁奮力一搏。儘管在賽前訪問時互虧對方，但他們顯然尊敬彼此。魔術強森明白，偉大的對手是能量的泉源，所以他經常說，是伯德使他成爲更好的籃球選手。

・掏心挖肺地唱出來

「胡蘿蔔與棍子」──也就是黃金、頭銜，或是挨一頓打──對夜鶯並不管用。相反地，牠想要自由、親密關係（皇上的眼淚）和有意義的事物。由於牠很清楚自身的力量來自何處，因此牠總是呈現相當精采的表演。什麼令你想要掏心挖肺地唱出來？

凱若琳・蔻蒂斯（Carolyn Curtis）的歌聲啓發了我。多年來，我在勞勃・瑞福（Robert Redford）位於猶他州的山區休閒地、一個名叫「日舞」的地方主持高階主管領導靜修營，凱若琳擔任課程聯絡人。爲期一週的課程結束後，能幹的課程領導人，通常會得到九分或十分，但參與的學員總是因爲凱若琳，而把最高分提高到十一或十二分。她跟大夥打成一片，預先考慮到他們的需求，給大家一種「家」的感覺。凱若琳這麼努力並不是爲了金錢或事業，甚至不是爲了獲得同儕認同。事實上，儘管她深受客戶喜愛，公司裡的人卻大多沒聽過她的特別事蹟。她這麼做是因爲熱愛工作，而且關心那些參加課程的人。

我們也可以跟夜鶯一樣，在清楚分辨「付出時間」與「付出自己」的差別、「努力工作」與「全心工作」的差別後，用工作的成果帶給他人快樂。

不過，想成爲非凡卓越之士，一定要精力充沛。我們一定要有力量跟大權在握的皇帝，以及批評夜鶯騙人的優秀樂師交手。

皇帝與樂師

於是機器鳥又得再唱一次，那是第三十四次表演同一首曲調……

許多皇帝和樂師認爲夜鶯難以駕馭，因爲人們無法從他們的本質、他們存活於世的核心方式，預測他們的報酬、獎金和受歡迎度。儘管表現令人印象深刻是好事，但大多數人更相信可重複且可靠的結果。

在公開上市公司，可預測的季表現是一定要的。如今的分析師、股東和董事們，就像安徒生那個年代的極權君主，完全無法容忍意料之外的事物。執行長必須提出正確預測，否則便失去可信度；經理必須達成財務目標，否則就得不到獎金；至於一般員工，則必須符合生產力目標，否則就丟飯碗。爲了避免這種不愉快，我們同意讓那些像皇帝和樂師的人掌權。

儘管我們能輕易在身旁的人當中，指出誰是皇帝、誰是樂師，然而最需要覺察的，卻是自己內心的皇帝和樂師。

在每個人的內在，皇帝代表人的野心和受驅策的自我，亦即關注自己與他人階級地位的那個我，也是理解權力的我。這個人物懂得解讀辦公室政治，知道如何影響他人。雖說一旦任內在的皇帝坐大，會替我們惹來麻煩，但他也能替我們完成許

多好事。他幫我們建立一個有市場價值的組合，運籌帷幄地拿到我們想要的位置，並交涉出一些彈性。

我們也擁有一個樂師，也就是善於分析的心智，反映出我們在行動前收集資料線索的需求。內心的樂師信賴那些能被觀察、量化和追蹤的事物，他井然有序、有紀律且有效率。只要這個人物不會變得太霸道，導致忽視我們的感情與直覺，他就會順利幫我們把事情做好。

這股試圖控制和預測所有事物的力量存在我們的內心，然後反映在職場；「皇帝」統治階級架構，「樂師」主掌生產力。

讓我們再回頭觀察故事中的人物，看他們如何有益或有害於我們發自內心的承諾。端視這些個角色在職場的作爲，你的處境可能會因此而顯得健全、有害或充滿希望。

●職場中的「皇帝」

如果夜鶯不來，全宮中的人在用過晚膳後，腹部將受鞭刑！

階級制度創造各階層的皇帝，儘管階級架構極度被污名化，但它在進行組織和取得身分地位上，卻相當有效。即使我們憎恨階級制度那不民主的本質，卻喜歡利用地位和手段，爲自己加分。

在這個故事中，皇帝的控制手段是「軟硬兼施」。皇宮與花園展現皇帝的威權，好比現在的高階主管迴廊，充分展現權力。在這類地方，孩子立刻知道旺盛的精力將被壓抑，而笑聲、蹦跳或玩耍將不被鼓勵，成人也明白這一點，卻受到財富與權力的誘惑。

皇帝想把夜鶯據爲己有。一般來說，金脫鞋、珠寶或頭銜就能搞定，但夜鶯的反應卻不如預期，牠反而更想要親密感（發自內心情感的眼淚）與自由。夜鶯想要的看似很少，其實是要得太多而皇帝給不了，因爲皇帝不肯放棄掌控權。

因此，皇帝接著便訴諸「壓迫」這種高壓的權力工具，但是他又想繼續假裝是對方自願，於是他「讓」夜鶯擁有自己的籠子，加上到外頭蹓躂的「自由」，並「給予」牠十二名侍從。即使皇帝用了這個技倆，目標依舊是捕捉夜鶯的生命力，但就像自然系統專家瑪格麗特・惠特莉（Margaret Wheatley）說的：「人不能對生命頤指氣使。」所以，當皇帝一不留神，夜鶯便從窗戶飛了出去，重拾自由。

到了故事的後半部，臣子也離開了，但理由剛好相反。皇帝失去權力，新的統治者接班，由於臣子的自我價值完全繫於主子賦予的地位，舊的統治者失去利用價值，所以臣子急著向新主子輸誠。

最後，皇帝落單了。他面對著死神，飽受悔恨的折磨，渴求心靈的慰藉。小夜鶯回應了，牠用歌聲撫慰皇帝。經過一晚好眠，皇帝了解到自己負有全新的使命。我們有了新的一天的許諾，皇帝不再只顧滿足自我，將爲他的子民打拼。然而，對向來執著個人權力的人而言，這樣的改變令人起疑。當僕人去探視他們死去的皇帝時，他的「早上好」聽起來與其說是充滿希望，不如說是滿懷不安的心情。

想想職場中那些大權獨攬的人吧。他們是否只想追求「第一名」，而不是眞心爲組織謀福利？他們是否靠著金脫鞋和鞭打肚皮——亦即「胡蘿蔔與棍子」的作法——來鞭策大家？他們是否試圖控制或利用人們的精力，同時利用管理術語來掩飾自己的意圖？如果是，別天眞地期望他們改變；學著對付那種人，同時看看自己還有哪些選擇。你最好的選擇，是直言不諱、調職，還是掉頭離去？你不必立即行動，或者也許根本不必行動，只要別讓自己被蒙蔽。

幸好，你的上司跟其他重要人物看重你的才華，也運用他們的權力來造福組織。如果情況確實如此，請不要吝嗇。對你的時間和精力慷慨一點，發揮百分百的能力，做出最棒的表現。

●職場中的「樂師」

可那隻鳥還是不動。沒人幫它上發條，所以唱不出來。

樂師說：「皇上，您瞧瞧這，眞夜鶯令人難以捉摸，但機器鳥的一切皆有定數，它說一不二！誰都講得出個所以然，可以打開它，展現人的思維，了解音樂的轉輪在哪裡，以及如何移動和移動的順序。」

安徒生對分析性的心智，做了知覺方面的描述。類似的思維形塑了現代的工業企業，換言之決策是根據資料和效率目標、生產力和進度，如果換成現在，安徒生很可能把樂師變成高價顧問；一個令人印象深刻的生產力專家，著有暢銷商管書，也是企業皇帝們敬重的對象。

泰勒（Frederick W. Taylor）是二十世紀睥睨群倫的「樂師」，他的科學管理法，爲工廠創造突破性的效率，後來通用汽車（General Motors）的執行長史龍（Alfred Sloan），將分析性思維帶到前檯辦公室。對他來說，做出好決策的人，就是良好管理的「原料」；而好決策是「完全根據事實，拋棄所有個人的利害關係」。事實上，史龍認爲管理者最不該做的，就是把個人考量帶進企業決策。泰勒的下一個世紀，人們對效率仍舊推崇；許多勞工被合併、重組，或者再造，全都是只增不減的生產力帶來的傑作。當然，就是因爲生產力有這些不可思議的進步，我們才能享受極高的生活水準。

樂師的心態也幫助創造論功行賞的職場環境。爲了客觀，並且根據表現付給酬勞，我們分辨角色、定義能力、建立衡量標準，並追蹤進度。

但是，在公平的目標下，我們有時會把人視爲物體。我們規定程序，派神祕血拼客去評估成果；像是員工是否做到眼神接觸，面帶笑容說出「歡迎光臨」，而且邊打招呼、邊叫出顧客的名字？雖然做到這些必定符合最低標準，但是柯恩在他工作的熟食店櫃臺所創造的歡樂氣氛，卻是無法量化的。不幸的是，因爲這種特殊的品質無法計數，因此常被排除在外。

對那些時有驚人表現的人來說，樂師可能是專潑冷水的上司。另一方面，對於喜歡明確規定，而且爲效率打拼的人來說，樂師可能會是優秀的管理者。

職場生活不愉快，經常是因爲跟上司或與其他重要人物的關係緊繃所致。但是，寄望對方改變只是一相情願的想法；比較務實的作法，是自己爲這些關係負起責任。幸好，在我擔任領導者的教練期間觀察到，當有一方心平氣和，關注對方的需求時（往往是相當合理的情況），許多出問題的關係不僅得到改善，且更能提高生產力。

我們將會發現，皇帝和樂師可能是不容小覷的人物，但是爲了成功與他們打交道，我們必須接受他們的原貌，如此就可以選擇與他們爲伍，或者畫清界線。

更重要的是，我們需要面對自己內心的皇帝和樂師，有時也得面對內心那沉默消極的夜鶯。以下將說明如何對這些人物的出現保持警覺，別被他們宰制自己的生活。

● 在工作上發揮真正力量

但當他們聽見夜鶯的歌聲，便異口同聲地說：「這才是最棒的！」

跟上一輩比起來，我們的生活之中有多得驚人的機會和選項。我們的難處並非選擇何者重要、何者不重要，而是決定什麼最重要。除此之外，身在瞬息萬變局勢中的我們，對於內在自我中動作較慢、思慮較多的部分，往往感到不耐煩。

爲了碰觸到最深邃的力量泉源，我們需要放慢與反省。我想探討三件值得思考的事。我們要能分辨腎上腺素激增與眞正的能量，分辨建立在身分地位上的高度與眞正的力量，分辨一廂情願的想法與發自內心的熱情與承諾＊。

許多人因爲緊急事件而分心，對緊急事件上了癮，甚至誤把「急事」當成「要事」。如果每週工作六十小時成了固定模式，如果你總是被截止日期驅趕，如果你是步調快又沒耐性的人，你就處在風險之中！按下「暫停」鍵，給自己一點時間放鬆與反省。問你自己：「讓我『衝、衝、衝』的，究竟是迫在眉睫的到期日、腎上腺素和咖啡因，還是工作本身讓我每天迫不及待想起床？」

在靜修營上，有位高階主管思考著工作和生活的平衡點。當他被要求寫下希望別人在他的告別式說些什麼，這位先生竟然打電話給他的妻子，問了一個嚇人的問題：「嗨！親愛的，如果我死了的話，妳會怎麼說我？」在一陣錯愕下，對方直接回答：「呃，你工作很認眞……」這位高階主管每週工作多達七十小時，但是妻子脫口而出的第一句話竟是如此，令他大受震撼。於是，他反問妻子：「妳眞的會那樣說我嗎？」顯然，她馬上回過神來給了標準答案，像是好父親、熱情的丈夫等等，但作丈夫的仍舊感到不安。這不失爲好事一樁。

人經常被高薪、高位的工作誘惑。假設你獲邀參加某個知名計畫，報酬相當優渥，還有升遷機會，換句話說，對提昇位階頗有幫助。但是，這項專案需時數月，且必須遠赴外地。你內心的皇帝和樂師，認爲這是切合實際的行動，於是你回家說服家人。但是在這時候，你需要暫停一切，好好思考這樣的變動是否使你內心變得強壯。聆聽夜鶯的聲音：「這次的指派本身是否引起我的興趣？這案子能不能使我的興趣持續好幾個月？我尊敬與我共事的人嗎？所愛的人必須付出的代價，果眞値

＊若想免費獲得一份〈自我領導的要素〉，請上網www.mettenorgaard.com。

得嗎？」

我們也需要分辨一廂情願的想法，與眞正熱情的差別。許多人堅信，人爲了讓自己快樂，就得辭去工作、撰寫偉大的小說、開一家餐廳，或者加入和平工作團。這或許是某些人的天職，但對多數人則是一種幻想；在這種情況下，形同讓自己置身虛構的情節中——而不是自身的熱情與承諾——試圖尋求工作生活（work life）的幸福。

爲了區分幻想與事實，向來一本正經的電台節目主持人心理學家維斯寇蒂（David Viscott）曾經給過這樣的忠告。當call-in聽眾抱怨自己不快樂，想辭去工作從事寫作時，維斯可蒂說：「你寫了多少東西？」如果對方抱怨：「我現在沒時間寫。」他會叫他們開始動筆。維斯可蒂建議他們每天寫、每個週末寫、放假時寫，總之就是寫、寫、寫。那麼，一旦他們發現自己需要更多時間寫作，或許可以從事兼職工作；除非發現自己把所有時間都用來寫作，才該考慮辭去工作。深入觀察自己的行爲，是測試投入程度的絕佳方式。

遺憾的是，在談到人類夢想時，（木偶奇遇記）的克里格（Jimmy Cricket）低聲說道：「當你對著星星許願時……」並暗示光許願便能實現夢想時，他誤導了我們。馬里蘭大學校長賀拉鮑斯基（Freeman Hrabowski）博士不光作夢，他還努力實現夢想。他在十三歲那年參觀塔司克基學院，從此深受啓發，以科學爲職志。他開始朝博士的目標前進，教數學，當上院長。爲了實現願景，這個青年人有個了不起的例行公事。每天早上，他會看著鏡子，說：「早安，賀拉鮑斯基博士。」願景相當清晰，他也做出實現的承諾。

編舞者薩普（Twyla Tharp）在她的著作《創造的習慣》（*The Creative Habit*）中，說到實現夢想需要做出「瘋狂的」承諾。即使到了六十歲，她還是每天早上五點半到健身房運動兩小時，然後才去排演。類似承諾的必要性，被一個老笑話形容得極爲貼切，那是說一個觀光客，在紐約市的街上問路人甲：「你怎麼到卡內基中心的？」答案當然是：「練習、練習、再練習。」無論你對什麼事物懷有熱情，關鍵在於你是否有紀律地貫徹。

* * *

歌唱是夜鶯的熱情與才華所在。因此，即使當牠被剝奪了自由和戶外活動等非常重要的東西，牠還是繼續唱。

不過，才華與熱情不光是童話故事的主題。商學學者柯林斯（Jim Collins）在暢銷著作《從A到A^+》（*From Good to Great*）中，提到熱情與才華都是職場傑出表現所不可或缺，若想從平庸進階到夜鶯等級的大師，熱情與才華更是缺一不可。柯林斯要讀者思考兩個重要問題：「我對哪些事物的關心有充分的熱情，致力朝A^+的目標前進？」以及「我對什麼事物關心到有動力和紀律來貫徹它？」如果你希望不只是草草表現，而是付出真心，這些問題是最好的出發點。

我個人的熱情是幫助大家表裡如一且帶勁地工作，認真過生活。我希望我最愛的故事〈夜鶯〉，以牠的歌聲感動你，於是你將「喜悅滿盈，並引動思緒」。

想一想……

●什麼事物會分散你的精力，什麼使你從力量的泉源分心，你需要對什麼說「不」？

●你在作生涯規畫時，地位、獎金和受歡迎度有多重要？你的熱情和才華有多重要？

跟同事聊一聊……

●辦公室裡有哪些人是你喜歡的「夜鶯」？

●哪些活動與互動將我們榨乾，哪些使我們生氣勃勃？

國家圖書館出版品預行編目資料

醜小鴨上班，怎麼變天鵝？／梅特.諾加
(Mette Norgarrd) 作；陳正芬譯.
-- 初版-- 臺北市：大塊文化，
2007 [民 96] 面； 公分. (smile ;76)
譯自：The ugly duckling goes to work :
wisdom for the workplace from the classic
tales of Hans Christian Andersen

ISBN 978-986-7059-79-6（平裝）

881.559 96005724

LOCUS

LOCUS